傑作長編時代小説

若殿はつらいよ

松平竜之介艶色旅

鳴海　丈

コスミック・時代文庫

この作品は二〇一一年に刊行された「艶色美女やぶり　若殿浪人乱れ旅」（学研M文庫）第一章〜第五章を加筆修正し、書下ろし一編を加えたものです。

目次

第一章　花嫁は我儘《わがまま》姫

（これが……女人《にょにん》の隠処《かくしどころ》か）

十八歳の乙女の美しい秘部を眼前にして、松平竜之介《まつだいらたつのすけ》は興奮していた。

（まさか、このようなものを間近に見る羽目になろうとは、今日の昼間までは思いもかけなかった）

その通りであった。わずか数時間前に、竜之介の人生は文字通り、一変したのである。

青天《せいてん》の霹靂《へきれき》ともいうべきその経緯《いきさつ》を、竜之介は思い出していた――。


「爺《じい》か、こんな所まで何の用じゃ」

狩り装束《しょうぞく》の松平竜之介は、愛馬の疾風《はやて》から降りると、岸田晋右衛門《きしだしんえもん》に笑顔を見せた。

竜之介は、遠《えん》州・鳳《おおとり》藩十八万石の藩主である松平出雲守竜信《いずものかみたつのぶ》の長男――つまり、次期藩主である。年齢は二十二歳。

細面《ほそおもて》の美男子だが、男らしい精悍《せいかん》さも兼ね備えている。長身で、引き締まった肉体の持ち主だ。

武家諸法度《ぶけしょはっと》により、原則として大名の妻子は江戸に永住しなければならない。しかし、徳川《とくがわ》幕府に対して特別の功績があったり、徳川家の一族の場合には、嫡男が国許《くにもと》にいることを許されていた。遠州松平家の場合は、後者である。

白髪《しらが》頭の晋右衛門は、この若殿竜之介が赤ん坊の時からの守役《もりやく》なのであった。

「獲物《えもの》の催促《さいそく》に、わざわざ城からやってきたのではあるまいな、ははは」

「あのォ、それが……」

「そう急《せ》くな。本日の戦果は、山鳥が六羽と、中くらいの大きさの猪《いのしし》が一頭じゃ。今夜は、爺の好きな猪《しし》鍋だぞ」

「若殿。ちと、お人払いを……」

「ん？　何か内密の話か」

徳川十一代将軍・家斉《いえなり》の治世――そこは遠江《とおとうみ》国・鳳領の永台山《えいだい》の麓《ふもと》であった。

さわやかな初夏の午後である。

陣幕の中に入った竜之介は、萎烏帽子《なええぼし》や射護手《いごて》、行縢《むかばき》などを外すと、楽な格好《かっこう》になって、床几《しょうぎ》に座った。

そして、お付きの若侍たちを幕の外へ下がらせると、晋右衛門へ、

「それで、爺――話とは何だ。また、小言ではないだろうな。わしは小さい時から、お前に怒られ通しのような気がするぞ」

「はあ……」

「軟弱に走らず、常に心身を鍛《きた》えよ、武士の子らしく、大名の嫡子らしく、文武両道を極めろ――と口うるさく言われたな」

竜之介は微苦笑した。

「正直に申して、子供心にお前を厭《いと》うたこともあったが、今となっては、ただ感謝しておる。わしが四書五経《ししょごきょう》と武芸十八般《ぶげいじゅうはっぱん》をおさめて、松平家の家訓《かくん》の通りに、『清く正しく逞《たくま》しく』生きてこれたのも、お前の叱咤《しった》のおかげじゃ。改めて、礼を申すぞ」

「身に余るありがたいお言葉、畏《おそ》れいりまする」

晋右衛門は頭《こうべ》を垂《た》れた。

「……ところで、若。ちと、これをご覧くださりませ」

恐縮しながら、晋右衛門は懐《ふところ》から取り出した丸めた紙を、竜之介に渡した。

「何だ、絵図面か」

訝《いぶか》しげに、それを広げた若殿の顔が、

「濆《け》らわしい！」

かっ、と憤怒《ふんぬ》の形相《ぎょうそう》になった。

「晋右衛門、一体、何のつもりで、このようなものをわしに見せたっ」

岸田晋右衛門に投げつけたそれは、男女媾合《こうごう》の肉筆画《にくひつ》である。

押し倒した芸者の上にのしかかった若侍が、血管の浮かび上がった逞しい剛根で赤みをおびた秘唇《ひしん》を貫き、芸者の方は悦楽《えつらく》に溺《おぼ》れて目を閉じ、悦声《よがりごえ》を押し殺すために肌襦袢《じゅばん》の袖口《そで》を嚙《か》んでいる——生々しい迫力と情感にあふれた〈枕絵《まくらえ》〉であった。

「お、お怒りはごもっとも」と晋右衛門。

「なれど……拙者《せっしゃ》の話も、お聞きくださいませ。実は……突然ではございますが、花嫁がご到着なされたのです」

「花嫁ぇ？　何を申すか、晋右衛門！」

まだ、怒りの消えぬ竜之介は、語気荒く言い捨てる。

「お前には、もう五人も孫があるではないか！　その年齢《とし》で後妻を迎えて、何とするぞっ」

「勘違いなすっては、いけません。花嫁を貰《もら》うのは、わたくしめではございませぬ」

「では、誰だっ」

「若殿の花嫁でござりまする」

「――は？」竜之介は唖然《あぜん》となった。

「わ、わしの花嫁……？」

「わしの花嫁が到着した……だと？　何の話じゃ、それは」

松平竜之介は、岸田晋右衛門に問いただした。

「されば――本日、我が鳳領の藩境に、突如として、立派な女人駕籠《によにんかご》の一行が出現いたしましてな。いや、その行列の長いこと長いこと。先頭がお城に着いたのに、行列の最後尾は、まだ、藩境の外という具合でして」

「その駕籠には、誰が乗っていたのだ」

「これが何と――」晋右衛門は身を乗り出し、

「将軍家斎公のご息女、桜《さくら》姫様」

「むむ……」

徳川幕府の十一代将軍・家斎は、絶倫《ぜつりん》将軍としてのみ、歴史に名を残している。

何しろ、正式に側室にした女だけでも、四十数名。単に手をつけただけの大奥女中の数は、その数倍にものぼった。

房《ぼう》州の幕府直営牧場で作らせた特別乳製品〈酪《らく》〉で精力をつけて、徳川家斎は、ただひたすら姦《や》りまくったのである。

当然、子宝にも恵まれて（？）、生まれたのが男女合わせて五十数名。

第五十四子の泰《やす》姫が誕生したのが、何と家斎五十六歳の時であるからして、まことに羨《うらや》ましい……いや、けしからぬ話だ。

多すぎる子供たちを片付けるため、幕府は、全国の大名家へ男は養子として、女は嫁として、ほとんど無理矢理に押しつけた。

そんな中で、いつまでも嫁入り先が決まらなかったのが、御年《おんとし》十八歳の桜姫である。

この時代――女性の結婚年齢は十代半ばであった。

原則として、十二歳以下の女の子を〈少女〉と呼び、十三歳から十八歳までの適齢期の女性を〈娘〉、十九歳以上を〈女〉と呼ぶ。二十歳を過ぎると〈年増《としま》〉、二十五歳だと〈中年増《ちゅう》〉、二十代後半では気の毒にも〈大年増《おお》〉と呼ばれてしまう。

それというのも、稀《まれ》に七十、八十の長寿を全《まっと》うする者もいたが、乳幼児の死亡率が非常に高く医学が未発達だったので、平均寿命は一説には三十代半ばと短かった。

そのため、女性はなるべく早く結婚して、なるべく沢山の子供を産むことが要求されたのである。

幕府公認の売春施設である吉原遊廓《よしわらゆうかく》では、遊女は十三、四歳で客をとっていた。吉原以外の岡場所や飯盛旅籠《めしもりはたご》などでも、遊女のデビュー年齢は同じであった。西山松之助《にしやままつのすけ》博士は、遊廓について研究した著書『くるわ』の中で、次のように述べている。

……数字の統計だけでみると、十五、六歳が最も多いというのを、今の時代から考えて、年はもいかぬ小娘を廓《くるわ》ばたらきとはむごいことだと、そういう風にきめこむことには、賛成できないのである。江戸時代の一般結婚年齢というものを考えに入れて、その実情をみなければ、見当はずれの論議になるおそれがある。

これは女性だけではなく、武家も庶民も男児は十五歳前後で元服《げんぷく》――すなわち、成人式を行なう。現代のそれよりも、五歳早いことになる。

そして、庶民の男児は、十歳くらいから丁稚小僧《でっちこぞう》――商屋の奉公人の見習いになった。職人の弟子になるのも、十代前半からであった。

また、十歳前の少年少女が、家計の足しにするために蜆《しじみ》売りや子守りなどの労働をするのは、ごく普通のことだった。

これらの事情からすると、この時代に生きる人々の行動や心情を理解するためには、実年齢に五歳から十歳を上乗せする必要があるだろう。

そういうわけで、女も十五、六歳で結婚するのは普通だし、十八歳ともなれば、一人か二人の子供がいてもおかしくはなかった。

で、この桜姫――家斎の娘たちの中でも一、二を争うほどの美人なのだが、花火のように勝気で、手のつけられない我儘《わがまま》娘。

押しつけられそうになった大名家が、さすがに、どこも必死になって断ったという札つきの〈危険物〉であった。

その、導火線に火のついた爆弾のようなお姫様が突然、やってきて、今、鳳城で若殿の帰りを待っているというのだ。

「聞いておらん！」竜之介は叫んだ。

「わしは、そんな話、聞いておらぬぞっ」

「この爺《じい》も、早馬《はやうま》で届けられた江戸家老の黒木《くろき》主膳《しゅぜん》殿の書状を読んで、驚きました。我々には何の相談もなく、いきなり大殿が、若の結婚を決めたと書いてあるのですから。しかも、その書状を読み終わらぬうちに、桜姫様ご到着の報《しら》せ……拙者《せっしゃ》は腰が抜けそうでござった」

晋右衛門は額《ひたい》の汗を拭《ぬぐ》うと、男女のＳＥＸ場面を描いた肉筆枕絵《にくひつまくらえ》を拾う。

「ところで、若。これは何をしている絵か、ご存じですか」

「知らぬ。だが、犬猫でもあるまいに、人間が裸で絡《から》み合うとは何事じゃ。目の潰《け》れ《が》である。早く、捨ててしまえ」

「ああ……我らが、間違っておったのか」

白髪の老武士は呟《つぶや》いた。

「質実剛健《しつじつごうけん》を宗《むね》として、厳しくお育てした。歌舞音曲《かぶおんぎょく》や軟弱なもの、卑猥《ひわい》なものには一切、近づけないようにして、立派な若君《わかぎみ》になられたが……男女の道は何一つご存じない。これでは、今宵《こよい》の初夜をどうすれば……」

「何をぶつぶつ言っておるのだ」

「――若。つかぬことをお伺《うかが》いしますが、赤ん坊は何処《どこ》から生まれるか、ご存じで？」

「当たり前だ。わしは子供ではないぞ。南蛮《なんばん》の本に書いてあったぞ。赤ん坊はな――」

純粋培養《ばいよう》された若殿は、自信満々に言う。

「風呂敷にくるんで鶴《つる》が運んでくるのだ……いや、鷲《わし》だったのかな。それとも、鷺《さぎ》かな」

「わ……若ァ」

岸田晋右衛門は、絶望的な表情になった。

永台山の狩り場から、急遽《きゅうきょ》、鳳城へ戻った松平竜之介は、湯殿で汗を洗い流した。

それから正装して、桜姫との対面の間に向かう。ついに、〈花嫁〉と相《あい》まみえるのだ。

「え――……大変、お待たせ致しました。竜之介君のお成りにございます」

岸田晋右衛門の先触れで座敷へ入った竜之介は、驚いた。

ずらりと五百羅漢《らかん》のように左右に並んだ、お付き女中たちの数にではない。藩主の後継ぎである自分が、何と下段の間に座らされたのだ。

無論、上段の間にご着座あそばして、竜之介を冷たく見下ろしているのは、徳川八百万石の姫君である。

たしかに、髪を吹輪《すきわ》に結《ゆ》った十八歳の姫は、噂《うわさ》以上の美しさだった。

卵型の顔に、ぱっちりとした大きな瞳。ほっそりとした弓のような眉《まゆ》に、雪白の肌。口は小さめで、上唇は薄めだが、ふっくらした下唇が何とも色っぽい。

しかし、唇の両端の深いくぼみと、つんと尖《とが》った小さな鼻が、勝気で驕慢《きょうまん》な性格を証明しているようだ。

「爺《じい》……これは、どういうことだ。わしが下座《げざ》とは」

竜之介が、怒りを帯びた小声で問いただすと、岸田晋右衛門も声を低めて、

「正式なご夫婦になられるまでは、あちらの方が格上でございます。若、なにとぞ、ご辛抱くださいますように」

申し訳なさそうにそう言う。それから、晋右衛門は桜姫の方を向いて、

「姫様。こちらが松平出雲守のご嫡男、竜之介君《ぎみ》にございます」

白髪《しらが》頭の岸田晋右衛門が、恭《うやうや》しく紹介したが、竜之介は憮然《ぶぜん》として無言のままだ。

「わらわが将軍家の娘、桜じゃ。見知りおくように――」

豪華絢爛《けんらん》たる振袖《ふりそで》姿の姫は、高飛車な口調で言った。

これから夫になる者に向かって、見知りおけとは何事だ――と竜之介は憤慨《ふんがい》したが、その怒りを抑えて軽く頭を下げた。

「お初にお目にかかる。松平竜之介です。遠路、ご苦労でしたな、桜姫。突然のことにて、まだ当方の支度《したく》も十分ではございませんが、長旅の疲れがとれるまで、ゆっくりとお休みください」

わざと快活《かいかつ》な口調で言うと、

「そうも参りますまい。何しろ――」

桜姫は硬い表情のまま、視線をそらした。不思議なことに、目元が赤く染まっている。

「今宵《こよい》のうちに、わらわと竜之介殿は……お床入《とこい》りを済ませねばなりませんから」

「はっ？」晋右衛門は驚愕《きょうがく》した。

「……いや、あの、突然のお話でございましたので、ご婚儀の準備も整っておりませぬ。そ、その……若君と姫君の初夜は、ずいぶんと先になろうかと存じますが」

「支度が整っておらぬのは、そちらの手落ちです。半年も前から、輿入《こしいれ》は今日と決まっていたものを」

「半年前から……」

晋右衛門と竜之介は思わず、顔を見合わせた。

こっちは、今日の今日まで、江戸藩邸から何も知らされていなかったのである。

「将軍家《しょうぐんけ》——父上から、きつく言われております。男と女は……ね…閨《ねや》の中で一つにならねば、本当の夫婦《めおと》ではない……と。それゆえ、婚儀は後回しにしても、今宵、床入りを無事に済ませるのです。これは、将軍家の上意《じょうい》と思うがよい」

「ははっ」

岸田晋右衛門は、卒倒しそうだった。

何しろ、文武両道の綺麗《きれい》事だけで育てられた竜之介は、男女の交わりに関しては、まったく無知な役立たずなのである。

「のう、爺《じい》」

松平竜之介は、真面目な顔で質問する。

「桜姫は、初夜だの床入《とこい》りだのが済まぬと本当の夫婦にはなれない——と申しておったが、一体、何のことだ」

二十二歳の立派な体格をした美丈夫だが、この若者、困ったことに性生活に関する知識が皆無なのだ。

それというのも、「清く正しく逞《たくま》しく」という家訓《かくん》に従い、幼い頃から文武両道に励んできたからである。

歌舞音曲《かぶおんぎょく》や酒、博奕《ばくち》、遊女買いなどの娯楽は一切、厳禁という完全殺菌の清潔な生活だった。

こうして竜之介は、「武士は、ただひたすら、己《おの》れの武芸の腕と人格を磨き、俗世《ぞくせ》の塵芥《じんかい》には触れても見てもいけない」という純粋培養《ばいよう》によって、見事な若殿人形に成長したのだ。

当然のことながら、彼はまだ、正真正銘保証書付きの完全童貞である。

血筋を残すことを最優先の義務とする大名やその嫡男は、まだ十代前半で女体《にょたい》の味を知り、若くしてSEX三昧《ざんまい》の生活に耽《ふけ》る者が多かった。

江戸時代初期と違って、この頃になると、藩の政治は重臣の合議制で運営されている。

だから、下手に聡明《そうめい》な殿様が現われて、藩政に口を出されると、重臣たちには都合が悪い。

そこで、わざと女を押しつけて、色好みの馬鹿殿様にする——という面もあった。

ところが、この松平竜之介は、女性経験どころか、この世の中に性行為というものがあることすら、まだ知らないのだ。

それなのに、竜之介は今夜、将軍の娘である桜姫と初夜を迎えねばならないのであった。

(守役《もりやく》たるわしの責任じゃ……)

岸田晋右衛門は、嘆息《たんそく》する。

無論、晋右衛門とて、若殿が性知識皆無のままでいいとは、思っていなかった。

奥方を迎えることが決定したら、時間をかけて竜之介に性教育をするつもりだったのである。

ところが、いかなる連絡ミスか、晋右衛門たちが何も聞かされていないのに、突然、花嫁の桜姫が鳳城に到着してしまったのだ。

しかも、今晩中に初夜をつつがなく済ませることが、将軍家斎の上意だという。

絶体絶命とは、このような事態をいうのではあるまいか。

「――では、若。ご説明つかまつります。しかと、お聞きくださりませ」

白髪《しらが》頭の老臣は、受胎《じゅたい》のメカニズムを話し始めた。

「先ほどお見せしました枕絵《まくらえ》にも描かれておりましたが、まず、夫婦《めおと》がひとつの夜具の中に入りますと……男のものを……女のそこへ……」

「何だと？」竜之介は仰天《ぎょうてん》した。

「さらに、男が腰を……そうこうして参りますうちに、女の方が……そこで男が白い……女体の奥深くに満ちあふれて……こうして、十月十日が過ぎますると、おぎゃあと立派な赤ん坊が誕生するわけですな」

「ど、何処《どこ》から……」

「女人の股間《こかん》の孔《あな》からでございます」

「馬鹿を申すな。生まれたての赤子《あかご》が、どんなに小さいといっても、猫ぐらいはあるぞ。そんな大きなものが出てきたら、女の軀《からだ》は裂《さ》けて死んでしまうではないか」

「いえいえ。出産の時には、ちゃんと孔が広がって、赤ん坊が通るのに支障のないようになるそうでございます」

「猫の胴体ほどにも広がる、女人の孔……」

十八万石の若者は、蒼《あお》ざめていた。

「そ、そ、そんな場所へ、我がものを納めねばならぬのか！」


ついに、その刻《とき》が来た。

若殿、松平竜之介と将軍家斉の息女・桜姫が、床入《とこい》りをする時間となったのだ。

「大名の嫡子とは、つらいものだな。爺《じい》……では、行ってくるぞ」

白羽二重《しろはぶたえ》の寝間着姿の竜之介の肩には、悲壮《ひそう》感すら漂っている。

「わ、若……ご無事で……」

見送る守役の岸田晋右衛門は、涙ぐんでいた。まるで、戦《いく》さ場へ赴《おもむ》く武将との別れのようである。

竜之介は小姓に導かれて、奥の寝所に向かった。彼の耳には、自分の心臓の鼓《こ》動《どう》が、陣太鼓のように、はっきりと聞こえている。

本当の出陣の時でも、これほど緊張はしないのではないか。

（いかんな……何のために、二十二歳の今日まで、武芸に励んできたのだ。いかなる場合でも、武士はすべからく、平常心で対応せねばならぬ。相手は、たかが女ではないか……いや、それが問題なのだっ！）

剣の腕前なら、いささか自信のある竜之介である。

泰山《たいざん》流の免許皆伝だ。多羅尾《たらお》流柔術《じゅうじゅつ》も修得している。手裏剣《しゅりけん》も槍《やり》も弓も馬術も、鉄砲術すら修めているのだ。

人を斬《き》った経験はないが、二百キロもの巨体で突進してくる猪《いのしし》を、一矢で仕留《しと》めたこともある。

大名の子息には珍しく、真冬に長時間、滝に打たれるなどの荒行《あらぎょう》も積んだ。

気迫、忍耐力、胆《たん》力、知力、闘争心――どれも、他人に引けを取らないつもりだ。

だが……〈女の扱い方〉だけは、完全にド素人《しろうと》なのである。

晋右衛門から、性行為に関する即席のレクチャーを受けはした。

だが、何しろ前代未聞の分野なので、内容を理解する以前に、その生々しさに驚愕《きょうがく》し混乱するばかりだった。

できることなら、この縁組は無かったことにして欲しい――と切実に思う竜之介である。

（だが……こちらの都合で、将軍家の姫を追い返したりしたら、どんな後難があるか。下手をすると、遠州松平家はお取《と》り潰《つぶ》し……うむ、弱気は禁物じゃ。断じて行なえば鬼神もこれを避く――と昔からいうではないか）

眉《まゆ》を引き締めて、竜之介は寝所へ入った。

「お……」

思わず感嘆の声を洩《も》らしたのは、枕元に端座《たんざ》している桜姫が、花の精のように優美だったからだ。

吹輪髷《ふくわまげ》を解《ほど》き、背中に垂《た》らしている。純白の寝間着姿が、その清楚《せいそ》な美しさを一層、際立《きわだ》たせていた。

「わらわは……竜之介殿を拝見して安堵《あんど》いたしました」

昼間の横柄《おうへい》な態度が嘘のように、しおらしい態度の桜姫である。

「と、申されると？」

「田舎のお城にいる若殿と聞いて、どんな垢抜《あかぬ》けない青瓢箪《びょうたん》か熊《くま》のような荒戎《あらえびす》かと心配しておりましたら……意外に凜々《りり》しくて眉目秀麗《びもくしゅうれい》な殿方……桜は、この縁組が心から嬉しゅうございます」

ないのだ。

竜之介もまた、安堵した。

我儘《わがまま》姫も所詮《しょせん》は人の子、一対一になってみれば、いじらしくて可愛い娘にすぎないのだ。

「さ……桜姫」

「そのように申されると、わしも嬉しい。桜姫のような美しい女人《にょにん》を妻に迎えることができて、この竜之介は果報者《かほうもの》です」

若殿は本心から、そう言った。

「桜は、この寝間着と同じように、何も知らない純白の軀《からだ》。竜之介殿……いえ、あなた。やさしく、妻にしてくださいませね」

消え入りそうな声で囁《ささや》くと、桜姫は、紅潮した顔を袖《そで》で隠す。

その処女の恥じらいに、竜之介は、鯨《くじら》を背負ったような重いプレッシャーを感じた。

やさしく妻にして――と桜姫に言われて、余計に緊張してしまった松平竜之介である。

とにかく、将軍家の美姫を夜具に横たえると、竜之介は、その帯を解《ほど》きはじめた。

　まだ男を識《し》らぬ処女だと宣言した桜姫は、未知の世界への怖れと期待のためか、固く目を閉じている。

　ようやく、帯を解いた若殿は、姫の寝間着の襟元《えりもと》をそっと開いた。若々しい肌の甘い匂いが、竜之介の鼻孔《びこう》をくすぐる。

　絹張《きぬば》り行灯《あんどん》の柔らかい光の中に、やや小ぶりだが、形の良い乳房が剥《む》き出しになった。

　真っ白な二つの隆起の頂上は、薄紅色をしている。乳輪は小さい。

（これが、女の胸乳《むなぢ》か。なにやら懐《なつ》かしいような気が……）

　竜之介は人差し指で、左の膨《ふく》らみの先を、軽く突ついてみた。

「あんっ」

　桜姫は小さく叫ぶ。竜之介は、あわてて、

「済まぬ、姫。痛かったのか」

「いや……知りませぬ」

　姫は、羞《はず》かしそうに顔をそむけた。

　その様子から、嫌がっているのではないらしいと判断した竜之介は、今度は、掌《てのひら》で乳房全体を包みこむようにする。

思いの外《ほか》、柔らかい。まるで、搗《つ》きたての餅《もち》のようだ。

中身は何だろう――と若殿は、間抜けなことを考える。

それから、岸田晋右衛門から教えられたように、力を加減しながら、それを揉《も》みまわした。悪くない感触である。

「ん……んんぅ……」

姫君は、甘い呻《うめ》きを洩《も》らした。

(何だ、床入《とこい》りとは簡単なものではないか。案ずるより生むがやすし――ということだな)

桜姫の素直な反応に気を良くした竜之介は、女体を観察する余裕が出てきた。

見れば、右の乳房が「空《あ》いている」ではないか。

左手で掴《つか》もうかと思ったが、そうすると上体が不安定になってしまう。

武士としては、閨《ねや》の中といえども、無防備な体勢をとるのは宜《よろ》しくない。

それで若殿は、手ではなく口を使うことにした。桜姫の右胸に顔を伏《ふ》せると、その乳頭を吸う。

「あ……あはァ……竜之介様ァ……」

姫の上唇がめくれ上がり、真珠《しんじゅ》を並べたような歯が見えた。熱い息が洩れる。

（ううむ……これを吸っていると、気分が落ち着くのう。何か、赤子の時に戻ったような……）

竜之介が、左の乳房を手で揉みながら、右の乳房を吸うという愛撫《あいぶ》を、愚直《ぐちょく》なまでに熱心に続けているうちに、処女の肉体はどうしようもなく燃え上がってきたらしい。

「あの、竜之介様……胸ばかりではなく、も、もっと別の場所を……」

両腿《もも》を擦《こす》り合わせるようにしながら、桜姫は、おねだりをする。若殿は顔を上げて、

「別の場所？　はて、どこをお望みかな」

「竜之介様の意地悪……そんなこと、わらわの口からは申し上げられませぬ」

桜姫は軽く睨《にら》む真似をしたが、その瞳は熱く濡れていた。

（おお、忘れていた。爺《じい》は、女体の下腹部を攻めよと申しておったな）

竜之介は乳房への愛撫を中断すると、姫の寝間着の前を大きく開いた。

そして、腰に巻きついている下裳《したも》に、手をかけた。桜姫は、臀《しり》を浮かせ気味にして、それに協力する。

下裳を剝《は》ぎとると、ついに将軍家の姫君の隠されていた部分が、露《あら》わになった。

「いやっ……」

桜姫は、両手で顔をおおった。

松平竜之介に寝間着や下裳《したも》を脱がされ、胸元から足の先まで遮《さえぎ》るものなく、男の視線に晒《さら》されたのである。

将軍家の息女だけあって、生まれて此《こ》の方《かた》、ただの一度も労働に従事したことのない肢体《したい》は、骨細《ほねぼそ》で繊細《せんさい》だった。

余分な筋肉は全くない。精巧に造られた人形のように、美しい曲線に包まれている。

肌は雪のように白く、きめ細かい。

乳房は、いささか小ぶりだが、仰臥《ぎょうが》しているのに平たくはならなかった。

下腹部の繁《しげ》みは、亀裂《きれつ》に沿って帯状に生《は》えている。

絽《ろ》の布片を置いたように淡い恥毛《ちもう》だから、亀裂の形まで、はっきりと見えた。

太腿《もも》はぴたりと閉じられて、髪一筋ほどの隙間《すきま》もない。

竜之介は、再び自分の心臓の鼓動《こどう》を耳にしながら、処女の両足を開く。

桜姫はわずかに抗《あらが》ったが、その下肢《かし》は大きく広げられた。

竜之介は、両足の間に身を置くと、女体の神秘の部分に顔を近づける。

可憐《かれん》な形状であった。ふっくらと盛り上がった女神《ヴィーナス》の丘に、縦に溝が走っている。

その溝の内部から、薄桃色をした花弁《かべん》の一部が、恥じらうように顔をのぞかせていた。

(何とも美しいものだな……)

この初夜の直前まで、SEXのことを何も知らない竜之介は、守役《もりやく》の岸田晋右衛門から即席の性教育をほどこされた。その時に見せられた絵枕《まくらえ》に描かれた女陰は、もっと黒ずんでいて、グロテスクな形だったように思う。

(まさか、このようなものを間近に見る羽目になろうとは、今日の昼間までは思いもかけなかった)

ここ半日間の慌《あわ》ただしい展開に思いをめぐらせていた竜之介は——現在《いま》、桜姫に対する次の行為に移った。

心臓の鼓動を意識しながら、竜之介は二指をもって、その肉の花園を開いて見た。花弁の内部は、さらに薄いピンク色で、透明な露《つゆ》が宿っている。

中心部に見える小孔が、男根が入ったり赤ん坊が出てきたりする場所らしい。そして、何とも形容しがたい生々しい匂いが、花園から立ちのぼり、十八万石の若殿の鼻をくすぐった。牝《めす》の匂いであった。

「むむ……」

さらに興奮した竜之介は、思わず、姫君の処女華に唇を寄せる。

「あうっ……た、竜之介様……そのような真似をなされては……ひィっ」

腰をひねって逃れようとする桜姫を、しっかりと押さえつけると、竜之介は、花園の甘露《かんろ》を吸う。喉《のど》を鳴らして、女体の最深部から滲《にじ》み出した不思議な液体を飲みこんだ。

自分でも信じられないほど大胆な行為であったが、嫌悪感や不潔感は微塵《みじん》もない。

(そ、そうだ……こんなことをしている場合ではない。姫のここへ、我が股間《こかん》のものを挿入せねばならぬのであった)

気がつくと、彼の道具は下帯《したおび》を突き破らんばかりに、雄々《おお》しくそそり立っている。

竜之介は、もがくようにして、下帯を取り去った。

手淫《マスターベーション》もしたことのない彼にとって、初めて見る勃起した己《おの》れの男根であった。巨《おお》きい。長く、太い。

子供の足ほどもあり、黒光りしている。茎部《けいぶ》には、大木に絡《から》みつく蔦《つた》のように、何本もの血管が脈動していた。

先端部の玉冠は丸々と膨《ふく》れ上がり、笠を開いている。凶暴な形状だ。

（これを姫の内部に……必ず成功せねばならぬ。鳳藩十八万石の命運が、この初夜にかかっているのだ）

そう意識した途端に、竜之介の心臓は、早鐘《はやがね》のように打ち出す。

頭に血が昇って冷静さを失った竜之介は、桜姫におおいかぶさると、荒々しく、その花園を貫こうとした。


「痛いっ！」

躯《からだ》を真っ二つに引き裂《さ》かれるような激痛に、桜姫は悲鳴を上げた。

が、興奮の極にある松平竜之介は、強引に腰を進めて、結合を果たそうとする。

「た、竜之介様っ、巨《おお》きすぎる……無理でございます！」

「一刻《とき》の我慢じゃ、桜姫。我らが本当の夫婦《めおと》となるための試練である。どうか、堪《こら》えてくれいっ」

黒光りする極太《ごくぶと》の巨根が、姫君の薄桃色をした花園の中心部に、一気にねじこまれようとした瞬間、

「無礼者っ、痛いと申しておろうがっ！」

ばしっ、と竜之介の頬《ほお》が鳴った。

桜姫が平手打ちをくれたのである。

痛みは大したことはないが、生まれて此《こ》の方《かた》、誰にも打擲《ちょうちゃく》などされたことのない若殿は、呆然《ぼうぜん》としてしまった。

その軀を手荒く押しのけた桜姫は、眩《まぶ》しいほどの裸身に、さっと肌襦袢《じゅばん》をまとって、

「何という浅ましい男であろう。女の軀をいたわりもせず、ひたすら猪《いのしし》のように突進するとは。容姿の美《よ》いのに騙《だま》されたが、やはり、田舎大名の倅《せがれ》は泥くさいわ。生娘《きむすめ》を扱う術《すべ》を、まったく心得ておらぬとは。こんな男と同衾《どうきん》はできぬぞ」

先ほどまでのいじらしさは何処《どこ》へやら、驕慢《きょうまん》そのものの冷たい表情で、桜姫は、竜之介を睨《にら》みつける。

軽蔑《けいべつ》と憎しみに染まっているが、その高慢《こうまん》な美しさは、凄《すさ》まじいほどであった。

「いや、桜姫……わしは……」

「気安く、わらわの名を呼ぶではないっ」

ぴしゃりと叩きつけるように言った姫の顔が、不意に、ゆるんだ。

「ほほほ、それは何としたことか」

袖《そで》口で口元をおおった桜姫は、銀鈴を振るような笑い声をたてる。

「――？」

両膝立ちの竜之介は、姫の視線の方向に目を落とした。隆々《りゅうりゅう》として天を突く勢いだった股間《こかん》の道具が、今はしょんぼりとして下を向き、縮こまっている。

「〈竜《たつ》〉どころか、まるで、塩をかけられたなめくじ同然よの。どんなに武芸が達者でも、女子《おなご》も満足に扱えぬ者に、武士たる資格……いや、男たる資格があろうか」

桜姫は、さっと立ち上がって、「志乃《しの》、志乃」と侍女《じじょ》の名を呼んだ。

すぐに、次の間に続く襖《ふすま》が開いて、侍女の志乃が顔を見せる。

「うっ？」

まさか、初夜の隣室に人がいたとは思わないから、竜之介は、あわてて寝間着で腰を隠した。普段の竜之介なら、寝所へ入った時に侍女の気配に気づいたはずだが、やはり、平常心を失っていたのだろう。

「志乃。部屋へ戻るぞ」

「はい、姫様」

志乃は手早く、桜姫の身繕《みづくろ》いをした。

「甘い初夜を夢見ていた乙女の期待を裏切りおって……この見かけ倒しの役立たずがっ」

蔑《さげす》みの一瞥《べつ》とともに吐き捨てるように言うと、気位の高い姫君は、侍女を従えて寝所を出て行った。

（見かけ倒しの役立たず……）

後に一人残された松平竜之介は、夜具の上に、へたりこんでいた。

（鍛《きた》えに鍛えたこの軀が、何の役にも立たなかった……文武両道に励んできた、これまでのわしの人生は一体、何だったのだ……？）

早朝の晴れわたった初夏の空の下、編笠《あみがさ》をかぶった松平竜之介は、遠州街道を歩いていた。

「ところで……」と竜之介は呟《つぶや》いた。

「わしは、何処《どこ》へ行けばよいのだろう」

遠州街道は、浜松《はままつ》で東海道《とうかい》にぶつかる。鳳藩十八万石の若殿が、どうして、こんな場所に一人でいるのだろうか。

実は――竜之介は〈家出〉したのだった。

昨夜、彼は、将軍家斎の我儘《わがまま》娘・桜姫と、突然の初夜を強制された。

ところが、「清く正しく逞《たくま》しく」の家訓《かくん》に基づき、勉学と武芸のみの純粋培養《ばいよう》で育てられた竜之介は、二十二歳にもなって、男女の行為に全く無知だったのである。

何とか、付《つ》け焼《や》き刃《ば》の性知識を頼りに閨《ねや》へ向かった竜之介であったが、結合を焦《あせ》りすぎて、桜姫を激怒させてしまった。

新妻の美姫から平手打ちをくらったあげくに、力を失った股間《こかん》の道具を、「〈竜《たつ》〉どころか、塩をかけられたなめくじ同然よの」と嘲笑《ちようしよう》された竜之介である。

しかも、「見かけ倒しの役立たずがっ」という捨て台詞《ぜりふ》で、男性としての矜持《きようじ》を根底から粉々《こなごな》に砕《くだ》かれた。

どうやって、夫婦の寝所から自分用の寝所へ戻ったたか、竜之介は、記憶がない。

夜具に横たわったが、無論、眠れるわけがなかった。

（学問に励《はげ》むだけでは駄目なのか……武芸の修錬に汗を流すだけでは駄目なのか……真面目なだけでは駄目なのか……人生には、もっと大事なものがあるというのか……それが男女の交わりなのか……？）

夜明け前――竜之介は、むっくりと起き上がった。

（いかん、寝ている場合ではないぞ。朝になって……わしは、どんな顔をして家臣たちの前に出ればよいのだ）

文武両道を極めた美丈夫《びじょうふ》が、滑稽《こっけい》なほどうろたえていると、次の間に控えていた小姓《こしょう》が、そっと顔をのぞかせた。竜之介の信頼厚き、富田《とみた》新之丞《しんのじょう》という若侍である。

「若君《わかぎみ》……ご心中、お察し申し上げます。武士たる者、何の面目《めんもく》あって、再び桜姫様と相《あい》まみえることができましょうや。どうでございましょう、若君。いっそのこと、しばらくの間、身を隠されては」

衣服の支度《したく》も城から抜け出す手筈《はず》も、すべて新之丞が、やってくれた。路銀《ろぎん》まで、ちゃんと用意してくれたのだ。

なるべく地味な小袖《そで》や袴《はかま》を選んだのだが、やはり、一目で上等とわかるものばかりなのは、仕方がない。

こうして、新之丞の手助けで鳳城を脱出した竜之介であったが——明確な目的地があるわけではなかった。

（愚図愚図《ぐずぐず》していると、追っ手がかかるに違いない。まずは、できるだけ鳳城から遠ざかることだな）

そう思って足を速めた竜之介だが、すぐに立ち止まった。

街道の端に、松の大木がある。その根元に、旅姿の女が蹲《うずくま》っていたのだ。

「これ、如何《いかが》いたした。具合でも悪いのか」

近づいて、若殿が声をかけると、

「は、はい……」

顔を上げた女は、二十一、二歳。この時代の感覚では、〈年増《としま》〉である。現代人の年齢にすると、二十代後半から三十代前半ということになろうか。

一文字に伸びた眉《まゆ》と目つきに、いささか険《けん》があるが、なかなかの美女である。

「急にお腹が差しこみまして……持病の癪《しゃく》でございます」

乱れた襟元《えりもと》から、深い胸の谷間が見えている。そこは、汗に濡れて川魚の腹のように白く光っていた。

「腹痛か。はて、どうしたものかな」

鳳城から家出した若殿浪人の松平竜之介、たった一人で庶民に接するのはこれが初めてだから、困った。

松の根元に蹲《うずくま》っている美女を前にして、

「城にいる奥医師の玄哲《げんてつ》を、ここへ呼ぶわけにはいかんし……町医者は……町医者というくらいだから、こんな街道の真ん中にはおるまいなあ。おれば、その者は、町医者ならぬ街道医者じゃ。いや、道《みち》医者かな」

くだらないことを呟《つぶや》いていると、

「あの、お武家様」女が遠慮がちに言った。

「いつもの持病ですから、少し休めば、おさまると思います。申し訳ございませんが、あの辻堂《つじどう》まで、お連れくださいませ」

「何、辻堂？　——うむ、あれだな」

竜之介は両腕で、軽々と女を抱え上げる。そして、五十メートルほど先の辻堂の方へ、歩き出した。

真昼の遠州街道には、他に人影はない。水田では、植えられて間もない青々とした稲の苗《なえ》が、そよ風に揺れている。

「力持ちなんですね、お武家様は」

若殿の首にすがりつきながら、女は、うっとりしたような声で言う。

女にしては背が高いが、骨組は細かった。汗ばんだ肌からは、甘ったるい匂いが立ちのぼっている。

「何の。そなたの何倍もある猪《いのしし》を担《かつ》いで、山を下りたこともあるぞ。女子《おなご》一人くらい、造作《ぞうさ》もないわ」

「まあ、女と猪とを一緒になさるなんて……わたくし、紋《もん》と申します」

「お紋か。わしは松平…い、いや、その、松…松浦《まつうら》竜之介という」

「たつのすけ様……男らしい名前ですね」

辻堂の中は、六畳ほどの広さの板の間で、ひんやりとしている。

竜之介は、女を奥に座らせてやった。壁にもたれかかったお紋は、

「立派なお武家様に、こんなお願いをするのは、心苦しいのですが……」

「何じゃ、申してみい。わしにできることなら、否《いな》と言う竜之介ではないぞ」

「では、お腹をさすっていただけますか」

潤《うる》んだ瞳で、じっと竜之介を見つめる。ほつれ髪が汗に濡れた額《ひたい》に貼りついて、何とも色っぽい風情《ふぜい》だ。

「むむ……腹をさすればよいのだな」

編笠《あみがさ》をとった竜之介は、邪魔にならぬように大刀を帯から抜いた。

そして、お紋の胸元へ右手を差し入れる。豊かな乳房の下のあたりを、静かに撫《な》でまわした。

女の肌は熱く火照《ほて》り、あくまで柔らかくて、掌《てのひら》に吸いつくようだ。

「あ…ああ……ん」

お紋は目を閉じて、切なそうに喘《あえ》ぐ。

「どうだ、少しは楽になったか」

「もっと……もっと下を……」

「下と申しても、これ以上、奥へは——」

「だから、こっちへ」

お紋は、竜之介の右手を引き抜くと、自分の裾《すそ》前を割って、そこへ招き入れた。

「ま、待て。何をするつもりだっ」

若殿は、女の太腿《もも》の間から右手を引っこめようとしたが、意外なほど強い力で挟《はさ》まれているので、容易には抜けない。

「許して。これが、あたしの病《やまい》なの」お紋は言う。

「竜之介様みたい凛々《りり》しい殿方を見ると、躯《からだ》の奥が燃えて……抱いて、竜之介様。女に恥をかかせないで！」

「ま、待てっ、どうしたのだ？」

いきなり女に「抱いてっ」と迫られ、若殿浪人の松平竜之介は驚いた。

「そなたは、腹痛で苦しんでいたのではなかったのか」

「それは、先ほどまでのこと。今は、竜之介様への恋慕《れんぼ》の病《やまい》に身を灼《や》かれて、あたしは灰になってしまいそう」

お紋は、男の首筋を熱い喘《あえ》ぎでくすぐる。

「ねえ、竜之介様。あたしの恋の炎を、鎮《しず》めてくださいな」

「炎を鎮めろと申しても、わしは火消し人足ではないぞ」

「もう……野暮《やぼ》な人っ」

竜之介の右手を太腿《もも》の間に挟《はさ》みこんでいるお紋は、くいっと腰を揺すり上げた。

すると、若殿の指先が、女の亀裂《きれつ》の中に吸いこまれてしまう。そこは、葛湯《くずゆ》でも流しこんだかのように、熱く滾《たぎ》っていた。

「おお、まるで火傷《やけど》しそうじゃ」

「そうよ。竜之介様のあれを入れないと、もう、おさまりがつかないんだから」

お紋は、うろたえる竜之介を、辻堂の板の間に押し倒してしまった。

「わしのあれ？　あれとは何じゃ」

「しらばっくれて……股倉《またぐら》のお道具のことですよ。ほら、こんな邪魔っけな袴《はかま》なんか、脱いでさ……」

「これ、待てと申すに。袴を脱がせて、何とする」

若殿は、あわてた。

「——おっ？　下帯《したおび》を解《ほど》いて、どう致すのじゃっ」

「どう致すって、いたすに決まってるじゃありませんか」

竜之介の股間《こかん》を剥《む》き出しにした女は、

「……まあっ！」

驚きの叫びを上げた。

「これはこれは……立派なお道具だこと」

お紋と揉《も》みあっているうちに、彼の男根は、隆々《りゅうりゅう》とそびえ立っていたのである。

鍛《きた》えた肉体と同じように、逞《たくま》しい巨根であった。しかも、黒光りしている。

「初心《うぶ》なふりして、相当に女を泣かせてきた逸物《いつぶつ》だね、こいつは」

二握りに余る長大な男性器を見つめる女の両眼は、激しい欲望にギラギラと輝いていた。

「そんなものを握ってはいかん。こら、やめぬかっ」

「こんな上物を前にして、黙って引き下がるお紋姐《ねえ》さんじゃないよ」

いつの間にか、口調まで伝法《でんぽう》になったお紋は、着物の裾《すそ》をまくり上げると、真っ白な臀《しり》を露出した。赤紫色の花園が丸見えになる。

そして、若殿の腰の上に、排泄《はいせつ》するような格好《かっこう》で、しゃがみこんだ。

「待て、お紋とやら。そなた、わしと媾合《こうごう》するつもりか」

「ふふ……お上品な言い方だと、そうなりますかねえ」

「それは、夫婦《めおと》の床入《とこい》りと同じ。ならば、そなたは町人だから、どこぞの大名家か大身《たいしん》の旗本の仮親を立てねばならぬぞ。然《しか》るのちに、公儀《こうぎ》の許しを得てから、正式な輿《こし》入をし、婚儀を済ませてから、ようやく、初夜ということになるのだ。いや、それ以前に、江戸藩邸の父上の許可がなければ、わしは妻を迎えるわけには参らぬ。いやいや、もっと困ったことに、わしにはすでに桜姫という……」

「ええい、面倒だっ」

喋《しゃべ》り続ける松平竜之介を無視して、お紋は、臀を落とした。

黒い巨砲が、ずぶずぶ……と赤紫色の肉唇の内部にめりこむ。

（こ、これが……女壺《によつぼ》というものか……）

童貞若殿だった松平竜之介は、お紋という女に強姦《ごうかん》……いや、強珍されて、未知の不可思議な感覚に溺《おぼ》れていた。

挿入した男根のみならず、腰全体が熱湯につかったように甘く痺《しび》れて、とてもではないが、花孔の肉襞《にくひだ》の感触を、じっくりと味わうような余裕はない。

何しろ、生まれて此《こ》の方《かた》、手淫《マスターベーション》すらしたことのない純粋培養《ばいよう》の若殿様である。

それが、遠州街道で出会ったばかりの美女に、辻堂《つじどう》の中で無理矢理のしかかられ、〈初体験〉ということになった。

竹刀《しない》も握ったことのない人間が、いきなり真剣勝負をやらされたようなもので、竜之介は、心の臓が口から飛び出しそうなほど興奮している。お紋も息を乱して、

「凄《すご》い……な、何て巨《おお》きい魔羅なんだろう。さすがのあたしも、こんな巨きいのは初めてだよ。しかも、石みたいに硬い……」

魔羅――ＭＡＲＡと発音する。サンスクリット語を語源とする、男根の俗称だ。

他にも、お珍々――ＯＣＨＩＮＣＨＩＮとか、珍宝――ＣＨＩＮＰＯ、珍宝子

——CHINPOKO、大蛇——OROCHI、帆柱——HOBASHIRAなどと呼称した。

女体を貫く勇《いさ》ましい鉾《ほこ》という意味で、〈珍鉾〉と表記することもある。

上流階級では、御破勢——OHASEと呼んだが、「勢い良く破るもの」という当字は、なかなか意味深である。

「まだ、根元までは入っちゃいないね。三割は、残ってる。よし、こうして……」

お紋は腰をひねりながら、さらに臀《しり》を深く沈める。ついに、長大な竜之介の剛根を根元まで呑みこんでしまった。

それから、ゆっくりと臀を上下させたり、腰を回したりする。結合部から、ぬちゅっ…ぬぽっ…ぬちゅっ…と卑猥《ひわい》な音がして、若殿の五体に悦楽《えつらく》の波が広がってゆく。

「むむ……溶《と》けそうじゃ」

竜之介は、小娘《こむすめ》のように呻《うめ》いた。

「ああ、あたしも何だか……くそっ、お紋姐《ねえ》さんともあろう者が………ほらほら、これでどうだっ」

お紋は暴れ馬のように、激しく腰を使う。

急速に竜之介の快感は高まり、やがて尾骶骨《びていこつ》の先端に、ちかっと閃光《せんこう》が走った。会陰部《えいんぶ》が引きつり、陰嚢《いんのう》ごと睾丸《こうがん》が、きゅっと持ち上がる。同時に、男根の根元の奥深くから、激しい勢いで何かが噴出した。

（こんな快楽が、この世にあったのか……）

めくるめくような放出感の中で、竜之介は、気が遠くなった……。


「――おや？」

目覚めてみると、陽《ひ》は西に傾いている。

昨夜は一睡もしていない上に、鳳城を家出して夜明け前から歩きづめだった疲れが出たため、眠りこんでしまったらしい。

辻堂《つじどう》の中に、お紋の姿はなかった。性交の後始末をしたらしい華紙《はながみ》が幾つか、転がっているだけだ。

姿を消す前に、着物の裾《すそ》を直してくれたのだろう、竜之介の下半身は剝《む》き出しではなかった。

その気遣《きづか》いに笑みを浮かべた竜之介の顔が、急に険《けわ》しくなった。

「しまった、武士にあるまじき油断じゃっ」

小姓《こしょう》の富田新之丞が路銀《ろぎん》を入れてくれた財布や、松平家の替《か》え紋《もん》の一つである〈源氏蝶《げんじちょう》〉の紋がついた印籠《いんろう》などが、なくなっていたのである。

お紋は盗人《ぬすっと》だったのだ。

残っているのは、同じ源氏蝶の紋が入った煙草《たばこ》入れくらいである。

急いで身繕《みづくろ》いした竜之介は、辻堂から飛び出したが、勿論《もちろん》、女盗人の姿はどこにも見えない。

（武芸十八般を極《きわ》めながら、女体《にょたい》を知らなかったために、桜姫に嘲笑《ちょうしょう》され、お紋には金品を奪われた。仮にも武人《ぶじん》たる者が、何という無様《ぶざま》なことだろう）

腕組みして考えこんだ竜之介は、

「よしっ、わしは女体修業をいたすぞ！」

くわっと両眼を見開いて、決意を固めた。

「かの宮本武蔵《みやもとむさし》が実戦で斬《き》りまくって剣の極意《ごくい》に達したように、わしは女を抱いて抱いて抱きまくって、その奥義《おうぎ》を極めるのだっ！」

こうして、若殿浪人・松平竜之介の女体武者修業の乱れ旅が始まったのである。

第二章　色後家《いろごけ》の手ほどき

「何やら、腹《はら》の中を隙間《すきま》風が吹き抜けるようじゃ……これが、下々《しもじも》のいう空腹というものかな」

松平竜之介《まつだいらたつのすけ》は、東海《とうかい》道を東へ歩いていた。すでに、夜は更《ふ》けている。

鳳《おおとり》藩十八万石の跡取りである竜之介は、〈清く正しく逞《たくま》しく〉をモットーに育成され、性行為の意味も知らぬ純粋培養《ばいよう》の若殿だった。

四書五経《ししょごきょう》に通じ武芸十八般《ぶげいじゅうはっぱん》を極めた、二十二歳の凛々《りり》しい美丈夫《びじょうふ》である。

ところが——突然やってきた十一代将軍家斉《いえなり》の息女・桜姫《さくら》と、何が何やらわからぬままに、新婚初夜を迎える羽目になった。

仕方なく、にわか仕込みの性知識で、結合を急いだら、激怒した桜姫の平手打ちをくらってしまった。

その上、うなだれた股間《こかん》の道具を、「塩をかけられたなめくじ」と十八歳の美姫に嘲笑《ちょうしょう》されて、竜之介は武士としての――、いや、男としてのプライドを、根柢から破壊された。

傷心の竜之介は、小姓《こしょう》の富田《とみた》新之丞《しんのじょう》の手引きで、城から家出したのである。

そして、遠州《えんしゅう》街道の浜松《はままつ》の手前で、腹痛で苦しんでいるお紋《もん》という美女を、辻堂《つじどう》まで運んで介抱してやった。

が、このお紋――実は盗人《ぬすっと》であった。初心《うぶ》な竜之介と逆強姦《ごうかん》同然に交わって、彼の童貞を奪ったのである。

竜之介が目覚めた時には、お紋の姿は消えて、財布も源氏蝶《げんじちょう》の印籠《いんろう》もなくなっていた。

これは後で知ったことだが、お紋のような女賊を道中師《どうちゅうし》というのだった。街中で通行人の懐《ふところ》の物を盗むのを懐中師《ふところし》、街道の旅人の物を盗む者を道中師と呼ぶのである。

桜姫とお紋――あまりにも屈辱《くつじょく》的な二度の体験によって、松平竜之介は固く決意したのである。

宮本武蔵《みやもとむさし》が斬《き》って斬って斬りまくる実戦の末に剣理《けんり》に開眼したように、女という女を抱いて抱いて抱きまくって、男女媾合《こうごう》の術の奥義《おうぎ》を極めてやる――と。

その意気は天をも焦《こ》がさんばかりに盛んであったが、もっと現実的な問題が、竜之介を襲った。彼は、無《む》一文《いちもん》だったのである。

浜松城下へ入ったものの、金が無ければ茶一杯飲めない。お城育ちの若殿ゆえ、金を手に入れる方法を知らないのだ。

竜之介は、すきっ腹をかかえたまま、浜松を通り抜け、江戸へ向かって歩き続けた。

何はともあれ、江戸藩邸にいる父・松平出雲守《いずものかみ》に会おうと思ったからである。

浜松の次の宿駅は、見附《みつけ》宿。その距離は、四里《り》と八町《ちょう》――約十六・六キロ。

時刻は、おそらく、戌《い》の中刻《ちゅうこく》――午後九時くらいであろう。

提灯《ちょうちん》は持っていないが、幸いに満月なので、歩くのに不自由はない。

昨夜から何も食べていないのに、外見的には、竜之介の足取りは確かであった。

武芸で鍛《きた》えた抜群の体力のせいもあるが、やはり、十八万石の藩主の嫡子という矜持《きょうじ》が、情けない格好《かっこう》をすることを拒否しているのだ。

もうすぐ見附宿というあたりで、竜之介は、左手の林の奥に水車小屋を見つけた。

（やれやれ……つらいが、今夜は、水で空腹を誤魔化《ごまか》して、あの小屋で眠ることにしよう。明日は夜明けとともに起きて、川魚か鳥を捕らえればよい……）

水車小屋に近づいた竜之介は、しかし、ふと眉《まゆ》をひそめた。

明かりもついていないのに、内部に複数の人の気配がある。しかも、押し殺した声で、言い争っているのだ。

「やめて……後生《ごしょう》だから、助けてっ」

「もう、観念しな、お路《みち》さんよ」

「俺たちが、たっぷりと可愛がってやるぜ」

どうやら、女が二人の男に犯《おか》されようとしている――らしい。


「――ちと、ものを訊《たず》ねるが」

いきなり、小屋へ入ってきた武士が、そう話しかけたので、二人の男は驚いた。

東海道は見附宿の手前、街道から外れた場所にある水車小屋の中だ。

屋根や壁の隙《すき》間から、満月の光が射しこんでいるので、内部の様子はよくわかる。

男たちは、よれよれの袖《そで》無し半纏《はんてん》に下帯《したおび》一本という、半裸体の姿であった。これは宿場人足や駕籠《かご》舁《か》きの格好《かっこう》で、その中でも質《たち》の悪い者を、雲助《くもすけ》という。

二人の雲助は、女を藁《わら》の山に押し倒して、今から好き放題に弄《もてあそ》ぼうとした矢先に、妙におっとりした声が背後から聞こえたのだから、驚くのも無理はない。

「だ、だ、誰だ、てめえはっ！」

馬面《うまづら》の雲助が、わめいた。

「なるほど。名乗りが、まだであったな。わしは松平…いや、松浦《まつうら》竜之介じゃ。苦しゅうない、見知りおくがよいぞ」

「このド三一《サンピン》、とぼけた野郎だっ」

豚《ぶた》面の雲助が怒鳴《どな》る。

三一とは、最下級の禄高の〈三両《りょう》一人扶持《ぶち》〉の略で、ドをつけると武士を罵倒《ばとう》する最悪の言葉となるのだ。

「ド三一？　そのような名前ではない、たった今、松浦竜之介と申したではないか。顔だけではなく、耳も悪いのか、その方たちは」

「顔も耳も悪いだとォ⁉」

二人の雲助は、女を放って立ち上がった。

脂《あぶら》がのった白い太腿《もも》を大きく開かれ、奥の翳《かげ》りまでも露出していた女は、あわてて裾《すそ》前を直す。三十前であろうか、恐怖に震《ふる》えてはいるが、垢《あか》抜けした美しい女だった。

「そうか、気づいておらんのか。手鏡でもなければ、己《おの》れの目で己れの顔を見ることはできぬから、わからんのも無理はないのう。だが、安心せい。互いに、相手の顔を見ればよいのだ。二人とも、甲乙つけがたいほど、品のない悪党顔であるからな」

若殿浪人の松平竜之介は、茶飲み話でもしているような、呑気《のんき》な口調で言う。

二人の雲助は顔を見合わせ、それから、真っ赤になって竜之介の方を見た。

「この野郎！」

「ぶっ殺してやるっ！」

口々にわめいて、馬面と豚面の雲助たちは、若殿に摑《つか》みかかった。

そこは、武芸十八般を極めた竜之介であるから、何の苦もなく、ひらりと躱《かわ》して、

「何をする。まだ、わしの質問が終わってはおらぬぞ」

「どこまでも、素《す》っとぼけた野郎だ！　何が訊《き》きてえのか、早く言ってみろいっ！」

「つまりだな。その方たちは、最前、この女人《にょにん》を二人がかりで裸にしようとしていたが、それは下々では普通のことなのか。それとも、何か仔細があるのか。あ

るならば、それを聞かせて貰《もら》いたい」

「…………」

あまりにも馬鹿げた質問に、二人の雲助が唖然《あぜん》としていると、女が、必死に若殿にすがりついて、

「お、お助けくださいまし、お武家様！　わたくしは、この二人に無理矢理、手籠《ごめ》にされそうになったのでございますっ」

「手籠……？　なるほど、それは良くないことなのだな。それで合点《がてん》がいった」

若殿は、きっと雲助どもを睨《にら》みつけた。

「今から、わしがその方どもを成敗《せいばい》してつかわすが、覚悟はよいであろうな」

「成敗してつかわす――だとォ!?」

馬面《うまづら》の雲助が、わなわなと全身を震《ふる》わせ、

「人格円満といわれたこの房州松《ぼうしゅうまつ》も、堪忍《かんにん》袋の緒が切れた！他人《ひと》の楽しみを邪魔する阿呆《あほう》侍めっ、叩きのめしてやる！」

水車小屋の壁に立てかけてあった息杖《いきづえ》を手にして、がなり立てた。豚《ぶた》面の雲助も息杖を手にとって、

「松の兄貴にゃ及びもつかぬが、この播州定《ばんしゅうさだ》も、東海道の駕籠《かご》舁き仲間じゃ、ちっとは知られた男だ。どこぞのお屋敷で、家来どものお追従《ついしょう》で覚えた剣術なんぞ、何の役にも立たねえことを、思い知らせてやるぜっ」

「剣術だと？　これこれ、勘違いいたすな」

松平竜之介は、すがりついている女を、そっと小屋の隅へ押しやって、静かに言う。

「その方どもの相手をするのに、刀を抜く必要などあるものか。素手《すで》で成敗してつかわすゆえ、早々にかかって参れ」

「こ、この……くたばれっ！」

馬面の房州松が、狂犬のような表情で、竜之介に襲いかかった。

真っ向う大上段に振りかぶっての打ちこみで、なかなかスピードもあったが、所詮《しょせん》は雲助《くもすけ》同士の喧嘩《けんか》で覚えた粗雑《そざつ》な攻撃である。本格的な武芸の修業をした竜之介の敵ではない。

若殿浪人は軀《からだ》を開いて、その一撃を躱《かわ》すと、房州松の手首に左の手刀を叩きつけた。

「ぎゃっ」

息杖を取り落とした松が、手首の激痛に思わず背中を丸めると、無防備にさらけ出された首筋に、竜之介の右肘《ひじ》が落ちる。

「ぐげっ」

馬面の雲助は、踏み潰《つぶ》された蝦蟇蛙《がまがえる》のような不様《ぶざま》な格好《かっこう》で、土間に這《は》いつくばった。

「くそっ、兄貴の仇敵《かたき》——っ！」

今度は豚面の播州定が、息杖を横殴りに叩きつけてくる。

竜之介が、ひょいと頭を引っこめると、息杖はその頭上を通過して、空振りになった。

腰が泳いで狼狽《ろうばい》した定の顔面に、

「仇敵呼ばわりは心外じゃのう」

竜之介は手加減しつつ、拳《こぶし》を突き入れた。

「ぶごォっ」

豚そっくりの濁った悲鳴をあげて、肥満体の雲助は仰向《あおむ》けに倒れる。鼻柱が潰れたので、口元が真っ赤に染まってしまった。

「や、野郎……」

よろよろと立ち上がった房州松が、竜之介の背後から、摑《つか》みかかる。

「危ないっ！」

女の叫びを聞くよりも早く、竜之介は雲助の太い右腕を摑むと、十分に腰の発条《バネ》を使って相手を投げ飛ばした。

「わっ」

房州松の巨体は、派手な破壊音とともに、水車小屋の壁をぶち破って外へ飛び出した。

「これで少しは懲《こ》りたであろう。仲間を担《かつ》いで、立ち去るがよい」

「へい……おそれ入りましたァ！」

播州定は、房州松をかかえて、這々《ほうほう》の体《てい》で逃げて行った。

「あ、あの……危ないところをお助けいただき、有難うございました」

礼を言った女は、襟元《えりもと》が乱れて片方の乳房が丸見えになっていることに気づくと、急いで両手で胸をおさえる。

「わたくし……見附宿で笠《かさ》屋を営んでおります、路と申します。松浦様、ご迷惑でなければ、わたくしの店に御出でくださいませ」

羞恥《しゅうち》に頰《ほお》を染めつつ、お路は言った。

見附宿は、江戸から六十里《り》半と十一町《ちょう》——約二八九キロ。

東海道で、二十八番目の駅宿である。人口が三千九百人ほどで、旅籠《はたご》の数が四十軒だから、東海道筋では中規模の宿駅だ。

西から来た旅人が、初めて富士山の姿を見つける場所なので、〈見附〉と名づけられたという。

松平竜之介が、雲助の毒牙《どくが》から救ってやったお路の店は、見附宿の西の端にあった。

あまり大きくない店だが、店先には笠だけではなく、合羽《かっぱ》や草鞋《わらじ》なども並べてある。

「お路殿。この店は、そなた一人で？」

居間に招き入れられた若殿浪人の竜之介は、茶を飲みながら、訊《き》いた。

「はい。二年前に、亭主を流行病《はやりやまい》で亡くしてから、ずっと一人で切り回しております」

「なるほど。だが、幸いなことに、笠や草鞋は軽いから、女人《にょにん》でも扱いやすい。しかも、店が宿場の端にあるのも、よろしいな」

「はあ」

「西から来た旅人は『やれやれ、ようやく新しい笠が買える』と思うであろうし、東から来た旅人は、『これから浜松までは、四里以上もある。ここで新しい草鞋を買っておこう』と思うだろう。ご夫君《ふくん》は、良い場所に店を残されたのう」

「あ、ありがとうございます」

お路は、竜之介の言葉に驚かされた。

浮世ばなれしたことばかり口走る奇妙な若侍だと思っていたら、鋭い洞察力を備え、しかも、後家《ごけ》の自分の立場まで気づかっている。

（やさしい御方なんだわ……）

二十八歳のお路の心に、感謝の念だけではなく、思慕《しぼ》の情が揺らめいた。

「ところで、お路殿。ちと、訊《たず》ねるが」

「はい」

「不測の事態で所持金を失った場合、人はどうすれば、食物を入手できるのであろう。存じておるならば、教えてもらいたい」

「あの……松浦様は、夕餉《ゆうげ》をまだ？」

「うむ。夕餉どころか、実のところ、今日の朝餉もまだじゃ。これには、少し仔細があっての。つまり――」

「お待ちくださいませ。すぐに、支度《したく》をいたしますっ」

竜之介の言葉を遮《さえぎ》って、お路は、台所へ飛びこんだ。疾風《はやて》のような勢いで味噌《みそ》粥《がゆ》を作り、漬物と一緒に、差し出す。

「粗末《そまつ》なものですが、お召《め》し上がりくださいませ。お代の心配はご無用でございます」

「そうか。では、遠慮なく馳走《ちそう》になるぞ」

丸一日の空腹にもかかわらず、竜之介は焦《あせ》らず、胃に負担をかけないように、ゆっくりと粥を口に運ぶ。

「松浦様。どうして路銀《ろぎん》をなくされたのか、差し支えなければ、お聞かせくださいまし」

「うむ。実はな――」

食事を終えた竜之介は、鳳藩という名や自分が大名の嫡子であることは伏せて、今までの経緯《いきさつ》を簡単に説明した。

男女の交わりに無知だったばかりに、新婚初夜の床で新妻の桜姫から平手打ちをくらった件や、女盗人《ぬすっと》のお紋に騙《だま》されて辻堂《つじどう》の中で童貞を奪われた挙《あ》げ句《く》に財布や印籠《いんろう》までも盗られてしまったことなど、武士として恥ずかしい事柄まで正直に話す。

「わかりました」

お路は静かに、だが決然として言った。

「今宵《こよい》のお礼――と申しては何ですが、わたくしが松浦様に、男女の秘事《ひめごと》について、お教えいたしましょう。この軀《からだ》をお手本にして」

お路の申し出に、松平竜之介は、ぽんと膝《ひざ》を叩いて、

「なるほど。学問にしても武芸にしても、まずは、良き師につくことが肝要《かんよう》。男女媾合《こうごう》の道もまた、同じというわけじゃな」

そして座布団から滑《すべ》り下りると、何と竜之介は両手をつき、お路に向かって深々と頭を下げた。

「お路殿。よろしく頼みますぞ」

「まあ、松浦様！　困ります、お手をお上げくださいましっ」

まさか鳳城の若殿とは知らないものの、立派な武士に頭を下げられて、お路はあわてた。

「しかし、師弟の礼儀というものは……」

「いいえ、そんな大袈裟《おおげさ》なものではございません。とにかく、すぐに、お風呂を用意いたしますので」

「ほほう。斎戒沐浴《さいかいもくよく》の後に、厳しい修練があるというわけですな。結構、結構」

とにかく――盥《たらい》よりはましという程度の小さな風呂で、竜之介は、一日の汗と埃《あか》を洗い流した。

その後に、お路が入浴して、竜之介に失礼がないように、軀《からだ》の隅々まできれいにする。

奥の寝間で、夜具を挟んで、二人は向かいあった。双方とも肌襦袢《じゆばん》姿である。

「松浦様。不束者《ふつつかもの》ではございますが、わたくしが、この大役を務めさせていただきます」

「右も左もわきまえぬ初心者ゆえ、よしなにお願い申す」

まるで、真剣勝負をする兵法者《ひようほうしや》のように、二人は馬鹿丁寧《ていねい》に挨拶《あいさつ》を交わした。

まあ、たしかに、〈抜身《ぬきみ》〉の勝負には違いないのだが……。

「では――」

お路は立ち上がると、後ろ向きになって、腰紐《ひも》を解《ほど》いた。そして、するりと肩から肌襦袢をすべり落とす。

行灯《あんどん》の黄色っぽい光の中に、肉付きの良い裸身が、露《あら》わになった。臀《しり》の双丘《そうきゅう》は、みっしりと量感がある。

お路は、ゆっくりと向き直った。

右腕で胸乳《むなぢ》を、左手で秘部を隠している。しかし、豊穣《ほうじょう》な繁みは、小さな掌《てのひら》では隠しきれない。

「これが、女の軀でございます」

両手を脇に垂《た》らして、女は、羞《はず》かしそうに顔をそむけた。

乳房は大きくて、乳輪が小豆《あずき》色をしている。下腹部の繁みは、逆三角形であった。

肌が、ぬめぬめと光っている。

「年増《としま》女の裸ゆえ面白くもございませんが」

「左様なことはない。美しゅうござるぞ、お師匠」

たしかに、十八歳の桜姫のような肌の張りはないが、男を識《し》って熟しきった二十八歳の裸体には、処女にはない濃厚な色香が漂っている。現代人の年齢にすれば、三十代半ばというところであろう。

「お師匠などと……路、とお呼びください」

「では、わしのことも、竜之介と呼んで貰《もら》おう」

「わかりました、竜之介様」

「ところで、お路殿。頼みがある」

「何なりと」

「桜姫……いや、その……花嫁との時は、落ち着いて女の器《うつわ》を見る余裕がなかった。何やら複雑な形状だったことは、覚えておるが……どうであろう。そなたの隠処《かくしどころ》、じっくりと見せてはくれまいか」

「まあ……承知いたしました。これも、乗りかかった船というもの」

赤面したお路は、夜具の上に四《よっ》ん這《ぱ》いになって、牝犬《めす》のように臀を高くかかげた。

「こうすれば、見やすうございますよ」

「ううむ、これが女体の全てか……」

松平竜之介は、まじまじと見つめる。

後家《ごけ》のお路は、全裸で四ん這いになっている。そして、臀《しり》を竜之介の方へ向けていた。

だから、性器だけではなく背後の排泄孔《はいせつこう》まで、女性の羞恥《しゅうち》の部分が何もかも、剝《む》き出しになっている。

窄《すぼ》まった臀の孔《あな》には、直径一センチほどの放射状の皺《しわ》があった。後門の周囲には、三角の形に、薄茶色の色素が沈着している。

その下の方に、豊かな恥毛《ちもう》に飾られた女陰があった。

亀裂《きれつ》からはみ出した内陰唇は、左右非対称で、右の方が少し大きい。

まるで、肉厚の木耳《きくらげ》のように、よじれている。色は、鮪《まぐろ》の刺身のような暗赤色だ。

桜姫のそれとは、形も色艶《つや》もずいぶんと違うようだな――と若殿は思った。

「羞《はず》かしい……」

二十八歳のお路は、小娘のように恥じらい、臀の肉を震《ふる》わせた。

「何とも不可思議な形よな、女人《にょにん》の〈お雛《ひな》様〉とは。男の魔羅のように単純ではない」

「お雛様というのは、お大名やお公家さんの言葉でございましょう。〈お姫様〉とも呼ぶそうで。ですが、下々では、ひ……」

お路は、言いよどんだ。

男の目にすべてをさらけ出しているのに、その卑俗な呼称を口にするのが羞かしいという、不思議な女の心理である。

「どうした、お路殿。下々の者たちは、女人のここを何と呼ぶのだ」

「はい、あの……秘女子と申します」

女性器の一般的な呼称は秘女子──HIMEKOである。御満子──OMANKO、玉門──GYOKUMON、愛女子──MEMEKO、愛女処──MEMEJYOともいう。

「ほう。秘女子、秘女子か……」

竜之介は、口の中で繰り返して、

「なかなか、覚えやすい言葉じゃのう。して、この一対の鶏《にわとり》の鶏冠《とさか》に似たるものは、何か」

「紗根《さね》でございますが、柄《がら》の悪い連中は、びらびらと呼びます。普通には、花弁《かべん》と申します」

「なるほど、花弁とは典雅《てんが》な呼称よ。たしかに、開花直前の朝顔のように、左右に開き気味になっておる」

「うふふふ。厭《いや》な竜之介様」

「何か、差し障《さわ》りのあることを申したか」

「いいえ、よろしゅうございます。殿方のお道具以上に、女の秘女子は千差万別。色も形も、皆、違いますのよ」

「ほほう、そういうものか」

「五つ六つの幼女であれば、毛も一本もなくて、お饅頭《まんじゅう》のようにほっこりと盛り上がった丘に、縦の溝が一本あるばかり。それが大きくなると、溝の奥に隠れていた花弁が、顔を出すのでございます」

「そういえば、桜姫…い、いや、わしの花嫁の花弁は、二枚がぴたりと閉じていたように思うな」

「十八の生娘《きむすめ》なら、わたくしよりも、色艶も新鮮で美しかったはず。うふふ、お隠しにならずとも、ようございます。それとは逆に、花弁がひどく伸びて、だらりと垂れ下ったようになった者もいて、それを前垂れとか紗根長《なが》とか申しますの」

「聞けば聞くほど、わしの知らぬことばかり。女体修業は、奥が深いのう」

「では、その〈奥〉をお見せいたしましょう」

お路は、二本の指で小陰唇《しょういんしん》を開いた。

臀《しり》を高くかかげたお路が、右手の二指で花弁を左右に広げると、女陰の内部が丸見えになった。

「むむ……薄桃色に艶々《つやつや》と濡れ光っておる。まるで、魚の浮袋のような色じゃな」

松平竜之介は、二十八歳の後家の膣前庭《ちつぜんてい》を、まじまじと覗きこむ。

菱形《ひし》に口を開いた花弁《かべん》の縁《ふち》は暗赤色だが、内部粘膜は美しい色をしていた。すでに、ぬらぬらと透明な秘蜜《ひみつ》に濡れている。

「竜之介様ったら、ふふ……面白い方《かた》ね。真ん中あたりに、孔《あな》がありますでしょう」

「うむ。これかな」

竜之介は人差し指の先で、膣口を突いた――と思ったら、そのまま指の半ばまで、ぬぷりと内部に吸いこまれてしまう。

「お、これはすまん」

あわてて、竜之介が指を抜こうとすると、

「抜かないでっ」

叱るように言ったお路は、すぐに恐縮して、

「も、申し訳ございません、竜之介様。ご無礼いたしました」

「いや、詫《わ》びずともよい」と若殿。

「抜くなというのであれば、わしの指は、そなたの中に入れたままにしておこう。いや、実際の話、指に内部の肉が絡《から》みつくようで、これは心地良い感触じゃ。ここが、我が魔羅の納まるべき場所なのだな？」

「は、はい……」お路の声はかすれていた。

美男子の目の前に、女としての秘部のすべてをさらけ出し、さらに、膣の中に指まで挿入されたのだから、冷静でいられるわけがない。

「そこは、陰道《いんどう》と申します。その奥に、赤子が育つ子壺《こつぼ》がありますの」

「ふむ、奥か……これかな」

竜之介は、人差し指を深く挿入して、子宮の入口に触れた。

「ひっ」

四《よっ》ん這《ば》いの姿勢のお路は、びくっと臀肉を震《ふる》わせる。

「これはどうしたことかな。内部から、じわじわと湯のようなものが、湧き出してきたではないか。失禁いたしたのか」

「いえ……それは、お小水《しょうすい》ではございません。淫水《いんすい》です。女体の奥より、それが、こんこんと湧き出したる時は、殿方の……魔羅を受け入れる用意が整ったという合図で……」

お路は、喘《あえ》ぎながら説明する。

二年前に夫を亡くしてから、男どもを寄せつけずに、孤閨《こけい》を守りぬいてきた貞女であった。

どうしても寝つけない夜は、仕方なく、自分の指で慰《なぐさ》め、肉欲の炎を鎮《しず》めていた。

しかし、二年ぶりに味わう男の指の感触は、自分でいじる時とは、比べものにならない。

子宮の内部に紅《あか》い炎が生じ、とろとろと快美神経を炙《あぶ》るのを、お路は感じた。

「左様か。では、お路殿の軀《からだ》も、我がものを受け入れる用意が整ったというわけだな」

「そう…そうでございます……」

お路は、しきりにうなずいて、

「入れてくださいませ……裸になって、竜之介様の魔羅を」

竜之介は、肌襦袢《じゅばん》を脱いだ。少し考えてから、下帯《したおび》も外す。

股間《こかん》の道具は、勇壮《ゆうそう》に猛《たけ》り立っていた。

「これこれ、お路殿。そんな犬のような格好《かっこう》では、我がものを入れることができぬ。仰向《あおむ》けになるがよいぞ」

「このままでいいから、早く魔羅を入れてっ！」

焦《じ》れたように、お路は叫んだ。

「何？　四《よつ》ん這《ば》いのままで、我がものを入れよと申すか」

初夜の床では正常位で失敗し、女盗人《ねすっと》のお紋には騎乗位でのしかかられて、金品を奪われた——という悪夢のような女性経験しかない、松平竜之介である。

ようやく、お路というやさしい後家《ごけ》に出会い、ＳＥＸのイロハを教えて貰《もら》うことになった。だが、そこにまた、後背位《こうはいい》という新たな概念が登場したので、若殿は混乱した。

「しかし……つまり臀《しり》がこちら向きで…秘女子がここで……どうすれば……そうか！」

竜之介は、ぽんと手を叩いた。

「かつて、わしは遠乗りの帰途、犬の発情《さかり》というのを目撃したことがある。あの犬のように、背後から行なえばよいのであるな」

「そう、そうですよォ！」

全裸の年増女《としま》は、文字通り、牝犬《めす》のように豊かな臀を振って、竜之介を誘った。

「ねえ、早くぶちこんで！　お珍々が欲しくて欲しくて、あたし、もう、頭がどうにかなりそう……！」

「うむ。こうじゃな」

竜之介は、お路の背後に片膝立ちになると、左手で臀肉を摑《つか》み、右手で屹立《きつりつ》した肉根の中央部を握った。

巨根である。

自分の指がまわり切らないほど、直径が太い。しかも、長さは二握りを軽く越える。

子供の足ほどもある。猛々《たけだけ》しいほどにそそり立ち、奇怪な生物のように脈打っていた。

おそらく、十八万石の大名の嫡子として生れながら、武芸の修業に打ちこんで、よく己《おの》れが肉体を鍛《きた》えた結果、股間《こかん》の道具の発育も促《うなが》されたのであろう。

性交経験は、ただの一度しかないというのに、淫水《いんすい》焼けした女蕩《たら》しのそれのように、どす黒い迫力のある色をしている。

その黒光りする巨根の先端を、竜之介は、ぬめぬめと愛汁《あいじゅう》に濡れそぼったお路の花園に、あてがった。

若殿が腰を進めるよりも早く、お路の方が、ぐいっと臀を突き出してくる。

そして、腰をひねりながら、深々と、竜之介のものを呑みこんでしまった。

「お、おおおォォ……すっ、凄《すご》いっ！」

夫を病気で亡くして以来、二年ぶりの男根の侵入に、お路は、悲鳴のような歓《よろこ》びの声をあげた。

「いっぱい……いっぱい入ってる……秘女子の中がいっぱいなの……熱い……巨《おお》きい……ああ、何て立派なお珍々なのかしら……」

「お路殿、先ほどから疑問に思っておったのだが。お珍々と申すのは、魔羅のことか」

熟れた肉襞《にくひだ》の甘い締めつけを、じっくりと味わいながら、竜之介は訊《き》いた。

「ん……そうよ……」

「また、混乱してきたぞ。しからば、お珍々と魔羅との違いや、いかに？」

「一緒ですってばァ、お珍々も…魔羅も……珍宝子といったら、子供のお珍々のことだけど……もう、いいじゃない」

「しかし、呼称が違う以上、そこに何らかの差異が――」

探求心が旺盛《おうせい》な上に理屈っぽい若殿は、さらに、質問を重ねようとした。

「もう、いいのっ！　お師匠様の言うことが、聞けないんですかっ」

「はっ、これはご無礼」と竜之介。

「お願いだから……突いて、目茶苦茶にして」

色後家は哀願《あいがん》した。その声は濡れていた。


「お師匠――いや、お路殿。では、お指図《さしず》どおり、我が魔羅にて、そなたの秘女子を突かせていただきますぞ」

後家《ごけ》のお路と後背位《こうはいい》で結合した、松平竜之介は、悦楽《えつらく》の律動《りつどう》を開始した。

まず、勢いをつけるために、腰を引く。

長大な男根が、四《よつ》ん這《ば》いの女体の外に、ずるりと引きずり出された。透明な愛《あい》汁《じゅう》にまみれて、ぬらぬらと濡れ光っている。

玉冠の下のくびれが、花孔の入口の括約《かつやく》筋に、きゅっと締めつけられるあたりで、竜之介は巨砲の後退を止めると、腰の発条を活かして前方へ突き出す。

ずん……っと奥の肉襞《にくひだ》に、男根の先端部が衝突した。

「あぐっ」

甲高《かんだか》い呻《うめ》きとともに、二十八歳のお路は、背中を反《そ》らせた。

竜之介は、脂《あぶら》を練り固めたような白い臀《しり》の肉を鷲摑《わしづか》みにすると、ずんっ…ずんっ…ずんっ……と女体の最深部を突きまくる。

「ううむ…突かば、陰道《いんどう》の肉襞が魔羅の頭《かしら》を包みこみ、引かば、魔羅頭《がしら》の縁《ふち》を肉襞が逆さに擦《こす》り上げる……良いものだな、男女の媾合《こうごう》とは」

竜之介の初体験の相手は、女盗人《ぬすっと》のお紋だったが、無我夢中の興奮状態のうちに終わってしまったので、その記憶は曖昧《あいまい》である。

今、人生で二度目のSEXにおいて、ようやく落ち着いた状態で、その快感を味わうことができた若殿であった。

「あ、あの……竜之介様……」

「何じゃ、お路殿？　そうか、魔羅の突き方が足りぬのか。突いて目茶苦茶にせよ——とのお指図であったな。よォし、今から岩を断ち山をも崩《くず》すほどの気合で、力いっぱい突き立てるぞっ」

「違いますって！」

結合状態のままで、お路は、肩越しに後ろへ首をねじ向けた。

「それじゃ、女は歓《よろこ》びませんよ、竜之介様」

ただ、力まかせに深く強く突きまくられては、女は、快感よりも苦痛の方が大きい、まして、竜之介のような巨根では、なおさらである――とお路は言った。

「古来より、秘女子に入れたるお珍々の動かし方は、九浅一深《きゅうせんいっしん》と申します」

「何、九浅一深……？」

花孔の入口とその周辺を、ここを、浅くゆるやかな突きで刺激する。それで、快感がじわじわと盛り上がったところで、突然、深々と突く。

すると、男根の先端が子宮口にぶつかって、子宮全体が揺さぶられ、強烈な快感が巻き起こるのだ。

この浅い突き九回と深い突き一回の攻撃を繰り返していれば、自然と女の肉体は燃え上がってゆく――とお路は説明する。

「九浅一深で拍子が取りにくければ、三浅一深《さんせんいっしん》で行なっても、よいのです。そして、たまに、腰でぐるりと円を描くようにするのも、効果的です。痛がっているようなら、やさしく扱い、正気を失うほどに乱れているのなら、力の限り突きまくる――要は、女子《おなご》の反応や息づかいの乱れを読み、どんな刺激を求めているのかを知って、余裕をもって攻めることです。難しい言葉では、阿吽《あうん》の呼吸というのかしら」

「ううむ……相手の呼吸を読み、緩急自在に臨機応変に、攻めの手を変える……それは、武道の奥義《おうぎ》と同じではないかっ」

松平竜之介は、目を輝かせた。

「女体《にょたい》修業は、なかなかに奥が深いのう。だが、わしはこの道を極めねばならぬ。いざ、お路殿、参るぞっ！」

後家のお路から、〈正しい女体の攻め方〉を教えられた若殿浪人・松平竜之介は、早速、それを実行した。

「三浅一深……三度、浅く突き、さらに一度、深く突くと……こうであるな」

ぶつぶつと呟《つぶや》きながら、リズミカルに腰を動かす。

「ん、ん、ん……はあっ……そう、そうでございます、竜之介様……はァァんっ」

犬這《ば》いの姿勢で、臀《しり》の方から攻められているお路は、甘い喘《あえ》ぎ声をあげた。

「相手の呼吸を読み、刺激に強弱をつける……なるほど、なるほど」

さすがに各種の武芸に秀で、頭脳も明晰《めいせき》なだけに、若殿は呑みこみが早い。骨《コ》通《ツ》さえわかれば、自分からテクニックの微調整をする余裕も、出てきた。

　二十八歳の豊満な臀の肉を鷲摑《わしづか》みにして、竜之介は、悦楽《えつらく》の行為を続行する。

たしかに、無闇《むやみ》やたらに突きまくるよりも、強弱をつけて攻めた方が、自分としてもじっくりと蜜壺《みつつぼ》の締め具合を味わえる——と納得できた。

「三浅一深に慣れたら、次は、九浅一深の拍子が良いということであったな。浅く九回……深く一回！」

「おおっ」

「浅く九回……深く一回っ」

「んあっ！　深い、深くて…いいィ……」

〈生きたテキスト〉のお路は、しきりに悦声《よがりごえ》をあげた。

「この調子で攻めればよいのだな。——いや、ひねりも必要という話であった。こうか？」

　竜之介は、右まわりに腰を動かした。

「くぅぅ……んっ！」

　お路は髪を乱して、頭を振る。

「それ…それ、凄《すご》くいいわァ……」

「ふむふむ。〈の〉の字の形に、腰を回せばよいのか。たしかに、三浅一深や九浅一深の直線運動とは違う部分が、秘女子の肉襞《にくひだ》にこすれて、実に良きものじゃ」

若殿は、腰の律動《りつどう》を続けながら、

「まっすぐこの動きと円の動き……浅く深く、浅く深く……弱い突きと強い突き……まったく、剣の勝負そのままではないか。武術も閨房術《けいぼうじゅつ》も、どんな世界であっても、その道の果てにある奥義《おうぎ》は同じ——ということだな。ううむ……勉強になるのう」

のんびりした口調で、独り言を言う。

鍛《きた》え抜いた肉体の竜之介が、緩急自在に突いたり抉《えぐ》ったりしていると、

「た、竜之介様……あたしは、もう……」

首を後ろにねじ向けて、年増《としま》女は、切なそうな顔で哀願《あいがん》した。

「うむ。女が乱れたら、力の限りに突きまくれ——との指南であったな」

竜之介は両手で、しっかりと臀の双丘《そうきゅう》を摑むと、エネルギッシュに突きまくった。

「ほれ、ほれ、ほれっ。どうじゃ、お路殿」

「あぐっ、あぐっ……駄目ぇっ」

「おや、駄目となァ？」

「違う…違うのよ、竜之介様ァ。女が『駄目っ』と言った時は、本心では『いい』ってことなんですよォ……」

「何だと？『駄目』は『いい』の意と申すか。では、『いい』は『駄目』という意味なのだな」

「違いますって……『いい』は、『いい』でいいのよ」

「――はあ？」竜之介が首をひねると、

「いいから、突いて！　突きまくってぇっ！」

お路は悲鳴のように叫んだ。


若殿浪人・松平竜之介を生徒とする、後家《ごけ》のお路の〈女体攻略教室《にょたい》〉は、そのクライマックスを迎えていた。

「突いてっ……竜之介様、目茶苦茶にしてってったらァ！」

四《よ》ん這《ば》いの姿勢で、豊かな白い臀《しり》を振りながら、お路はせがむ。

「女の言う『駄目』は、実は『いい』という意味……『いい』も『いい』の意味……しからば、『目茶苦茶にして』は『私を目茶苦茶にしてはいけません』という意味であろうか。それとも、言葉どおりの意味なのか……ああ、何が何やら、わからなくなった……ええいっ、違うぞ、竜之介！」

若殿は、自分で自分を叱咤《しった》した。

「女人の言葉の一つ一つに惑《まど》わされて、何とする。武芸の本質は、目に見えるもの、耳に聞こえるものに頼らぬこと。精神を研《と》ぎ澄ませて、心で見るのだ。そうだ、心眼《しんがん》で見抜くのだ」

竜之介は、律動《りつどう》のテンポを遅くしてみた。

長大な男根を、ゆるゆると後退させ、ゆっくりと女陰に押しこむ。

「いやっ、そんなのいやっ」

焦《じ》れたお路は、自分から臀を突き出して、竜之介のものを咥《くわ》えこもうとする。

「見たり！」と若殿。

「この女人、言葉では何と言おうとも、本心では、わしの魔羅にて荒々しく攻められることを欲しておる！　そうとわかれば――」

松平竜之介は、相手の背中に覆《おお》いかぶさった。そして、たっぷりした量感の乳房を摑《つか》む。

「ゆくぞ、お路殿っ！」

そう宣言すると、激しい勢いで巨根の抽送《ちゅうそう》を再開した。ずごっ、ずごっ、ずぐぐっ……と奥の院を突きまくる。

抜き差しの度に、蜜壺の粘膜と肉の花弁が男根に絡《から》みついて、ぬちゃり、ぬちゃっ、ぬちゃり……と卑猥《ひわい》な音を立てた。

そして、花孔の内部で捏《こ》ねくりまわされた愛汁《あいじゅう》が、白く泡立って、二人の結合部から飛び散った。

「ひぐっ…あ、あぁァァ……んっ！　駄目よ、いや、壊れちゃう！　秘女子、壊れちゃうよォォォ………っ！」

お路は、すでに半狂乱である。

「哭《な》くがよい、お路殿。もっと、哭くのだ。わしが、忘我《ぼうが》の彼方《かなた》の桃源郷《とうげんきょう》まで、そなたを送り届けてつかわす。それっ」

竜之介は、さらにパワフルに突きまくった。

我儘《わがまま》姫や女盗人《ぬすっと》には遅れをとったものの、一度、女体あしらいの要領を覚えれば、その精力も体力も筋力も、並の男どもを遥《はる》かに凌駕《りょうが》している竜之介だ。

その攻撃は半端ではない。高性能エンジンを搭載したＳＥＸマシーンの如《ごと》く、精力的に突きまくる。

引き締まった彼の下腹部が、柔らかな女の臀肉にぶつかって、ぱしっぱしっと鞭《むち》のように鋭い音を立てた。攻《せ》めというよりも、責《せ》めであろう。

「死ぬ…あたし、死んじゃうゥゥ………っ！」

「お路殿、わしの魔羅で死ねっ」

竜之介は、冷静に、止《と》どめの一撃をくり出した。

二十八歳の年増女は、背中を弓のように反《そ》らせて、言葉にならぬ言葉で絶叫する。

汗まみれの肉体が痙攣《けいれん》し、花孔の襞が、きゅっきゅっきゅっきゅっ……と巨根を断続的に締めつけた。絶頂に達したのである。

それを確認してから、若殿浪人は、白濁した聖液を女体の奥に、大量にぶち撒《ま》けた。

どくっ…どくっ…どくっ……屹立《きつりつ》した男根の内部を、大量の聖液が通過してゆく。

（これが精を放つということか……）

女盗人に射精した時には、無我夢中だったので、よく覚えていない。

今回、初めて、温かい秘肉の奥に放出する快感を、竜之介は十分に味わったのである。それは、我慢していた小水《しょうすい》を排泄《はいせつ》する快《こころよ》さに似ているが、もっともっと甘く強烈な感覚であった。

(男女の交わりとは、良きものじゃなあ)

松平竜之介は、お路と結合したまま、ごろりと横向きに寝て、満足気に吐息《といき》を洩《も》らした。

蜜壺《みつつぼ》の不規則な収縮が終わると、お路は、物うげに枕元の箱に手を伸ばす。箱から桜紙《さくらがみ》を取ると、股間《こかん》の結合部にあてがった。

半分の紙で肉根を包み、残りの半分で花孔を塞《ふさ》ぐようにして、するりと腰をひねる。聖液を夜具にこぼさずに、硬度を失った肉根を抜き取ったのだ。

さすがに、年増の後家だけあって、後始末に慣れている。

「しばらく、お待ちを」

お路は、湯殿へ行った。水の音がする。残り湯で、秘部の奥を洗っているのだろう。

戻ってきたお路は、小さな盥《たらい》と手拭《ぬぐ》いを持っていた。

仰向《あおむ》けになっていた竜之介の下腹部を、濡らした手拭いで丁寧《ていねい》に浄《きよ》める。

「立派なお珍々様だこと……わたくし、あんまり良すぎて、もう……気が触れてしまうかと思いましたわ」

「わしも堪能したぞ」竜之介は起き上がり、

「お路殿のおかげで、わしは女人《にょにん》の素晴らしさを知ることができた。礼を言う。この通りだ」

胡座《あぐら》をかいたまま、頭を下げる。

十八万石の大名の嫡子だというのに、偉ぶったところのない竜之介であった。もっとも、今は家出中の若殿浪人であるが……。

「まあ、もったいない」

お路も全裸のまま、あわてて正座して、頭を下げた。それから、艶然《えんぜん》と微笑して、

「でも、これは、ほんの初歩。男女の道は、まだまだ奥が深うございます」

「ほほう。まだ深いか」

「ええ。たとえば、この竜之介様のお珍々――魔羅は、大層、立派なお道具でございますのよ」

「武士として、〈腰のもの〉を誉《ほ》められるのは、悪い気持ちがせぬな。たしか、例

の女盗人も、『巨《おお》きい……』とか申しておったが」

お路は、軟らかくなった男根に手を添えて、それでも、普通の男の勃起時と同じほどのサイズだと説明した。勃起した時の竜之介の男根は、普通のサイズの倍以上もあると言う。

「巨きいだけではございません。石のお地蔵様みたいに硬いし……そして、何よりも、この雁高《かりだか》」

「雁高とは何かな」

「お珍々のくびれから上の部分を、魔羅頭《がしら》とか亀頭とか雁先とか雁首とか申します。その雁首の縁《ふち》のところが、笠のように周囲に高く張り出しているのが、雁高でございます」

「ふむふむ」

「これを抜き差しされると、陰道《いんどう》の内側を雁でこすられて、女は大変に歓《よろこ》びますの。竜之介様は、雁高の上に淫水《いんすい》焼けしたような黒魔羅。お道具としては、天下一品ですわ」

お路は、男根の根元に垂れ下がった袋が布倶里《ふぐり》、そこに収納された二つの玉を瑠璃《るり》玉と呼ぶことを教えた。

さらに、男根の先端に唇を寄せて、お路は、これを口に含む。

「何をする、お路殿！」

竜之介は驚愕《きょうがく》した。

「わしの魔羅は食べ物ではないぞっ」

松平竜之介は、素早く、肉根を咥《くわ》えたお路の顎《あご》を摑《つか》んだ。

顎の付根を、親指と中指で押さえる。ここを強く圧迫されると、人間は、上下の顎を閉じることができなくなるのだ。

いくら、色っぽい後家《ごけ》に閨房《けいぼう》術を教授されている最中であっても、武人としての警戒心は寸毫《すんごう》も緩《ゆる》めてはいない竜之介だ。

ほんの少しの油断から、女盗人のお紋に財布や印籠《いんろう》を奪われた屈辱《くつじょく》は、そう簡単に忘れられるものではない……。

「ごめんなさい……ね、竜之介様。痛いわ」

竜之介の肉根から口を外したお路は、穏《おだ》やかに訴えた。

その目を覗きこみ、害意がないのを確認した竜之介は、静かに右手を離す。

「なぜ、今のような真似をいたした」

「説明もせずに、いきなり、お珍々を咥《くわ》えて、ごめんなさい。あたし……竜之介様と他人ではなくなったものだから、すっかり甘えてしまって……」

お路は、若殿の筋肉質の太腿《もも》を撫《な》でながら、

「驚かれるのも無理はありませんが、これも、閨《ねや》の業《わざ》の一つなんですよ」

「魔羅を口にすることがかっ」

突然、男根を咥えられたことにも驚いたが、それが愛技の一種と聞かされて、なおも仰天《ぎょうてん》する竜之介である。

「しかし、不潔ではないのか」

「女はね、惚《ほ》れた殿方のものならば、どんなものでも愛《いと》しくて愛しくて、咥えたり舐《な》めたりしたくなるの。殿方だって、そうですよ。惚れた女のものならば、舐めたりしゃぶったり……惚れるって、そういうことなんです。勿論《もちろん》、汚れたままよりは、清潔にしてからの方が舐めやすいけれど……」

「うう～～む」

昨日の昼間までは性交というものがあることすら知らなかったし、それを知ってからも、男女が排泄《はいせつ》器官同士を結合させるなど、人倫に背《そむ》く汚らしい行為ではないか――と思ったほどの堅物《かたぶつ》の竜之介である。

それが今度は、その排泄器官を口に入れるというのだから、若殿は困惑した。

（いや……待てよ。わしも、あの時……）

昨夜――押しかけ花嫁の桜姫と同衾《どうきん》した時、昼間の傲慢《ごうまん》さが嘘だったようにしおらしくなった姫の態度と、その女性器の美しさに、竜之介は唇を押しつけて、夢中で愛汁《あいじゅう》を啜《すす》ったではないか。

嫌悪感も不潔感も、何も感じなかった。ただ、恥じらう美姫が愛しいと思っただけであった。

もっとも――その直後に、感動的であるはずの初夜は、悪夢のような結末を迎えたのだが……。

「よし、お路殿。これも修業じゃ、続けてくれ」

「では、竜之介様。横になって」

お路に言われた通りに、竜之介は仰向《あおむ》けになった。

枕に頭を乗せて、自分の下腹部の様子を眺める。

彼の左側から、お路は両手で男根を握った。そして、まだ柔らかいそれの先端を、紅唇《こうしん》に含む。

年増女の女陰の内部も熱かったが、口腔《こうこう》内も、温度が高かった。

お路の舌先が、ぬらりと玉冠にまとわりつく。そして玉冠の縁を何度も何度もこする。

(これはまた、何とも快《こころよ》い……陰道《いんどう》に抜き差しするのとは、別の味わいじゃ……)

さらに、お路は、玉冠の先端の切れこみを、丸めた舌先で、つんつんと突いた。

その甘美な刺激に、男根は、むくむくと膨張《ぼうちょう》する。

「まあ……また、巨《おお》きくなった!」

後家のお路は、屹立《きつりつ》した男根の茎部《けいぶ》に、うっとりした表情で頬《ほお》ずりをする。

「あたしが、口と舌でご奉仕したから、元気になったのよね、嬉しいっ」

長く、太く、黒く、硬い。まさに巨根だ。

若殿浪人の松平竜之介、昨日までは正真正銘の童貞であった。

だが、武芸で鍛《きた》えた肉体は逞《たくま》しく、軀《からだ》の発達に比例して、未使用の男性器の方も順調に発達したらしい。

「どう? 自分でこするよりも、女にこすられた方が、気持ちいいでしょ」

お路は、唾液《だえき》でぬるぬるする巨茎を両手でこすり立てながら、訊《き》いた。

全裸で仰臥《ぎょうが》している竜之介は、きょとんとして、

「自分で魔羅をこする？　何じゃ、それは」

「千擦《せんず》りをご存じないの。下々の男は、十歳かそこらで、千擦りを覚えるんですよ。年ごろになって色気づいてくると、秘女子に入れたくて、むらむらしてくるの。それで、お相手のいない男の子は、こうやってお珍々をこすって、精を吐き出すんです」

「いや……左様な真似は、したことがない」

「でも、夢交《むこう》をしたでしょう。二十二で、こんなに逞しい軀をなさってるんだから」

夢交——夢精のことである。その意味をお路が説明すると、若殿は首をかしげて、

「そういえば……月に何度か、朝起きて、下帯《したおび》が汚れていたことがあったな。爺《じい》たちが、誰にでもあることで病気ではないと言うから、気にも止めなかったのだが……」

「お屋敷育ちのお侍は、鷹揚《おうよう》なのねえ」

「今にして思えば、下帯が汚れていた朝は、妙に腰が軽くなっていたような……」

「うふふ、もっと軽くなりますよ」

お路は、悪戯《いたずら》っぽく微笑した。

天を指して屹立した巨砲は、玉冠の発達が著《いちじる》しい。まるで、笠をかぶっているかのように、周縁部が高く張り出している。

したがって、その縁《ふち》と下のくびれとの間には、かなりの段差があった。お路は、のばした舌先で、その段差のところを抉《えぐ》るように刺激する。

鋭い快感が、若殿の腰椎《ようつい》に走った。

「むむ……口に含んで舐《な》められるのも心地良いが、舌の先でそこをこすられるのも、また、良いものだ。さすがに、お師匠は大した業《わざ》を使われますな」

「いやですよ。それじゃ、あたしが、淫《みだ》らな助兵衛《すけべえ》女みたい。ふふ……だったら、もっと気持ち良くさせてあげる」

さすがに、二十八歳の後家だけあって、さまざまなテクニックを習得しているお路であった。

蛇行《だこう》するように、肉柱の裏筋を舐め下ろして、その根元に鼻先を埋める。

そして、左手で、男の重く垂れ下っている布倶里《ふぐり》――つまり陰嚢《いんのう》を、掌《てのひら》に乗せた。

「これこれ。それは男子の急所じゃ。女人が、無闇《むやみ》に触れてはならぬ」

「たしかに、これは殿方の急所ですが、ほら……こうすれば……」

お路は、くぷっ……と玉袋の片側を口に入れた。さらに、袋の中の瑠璃《るり》玉を、口中でころころと転がす。

「いかが？　悪くないでしょ」

「う～む。まるで、羽毛で喉元《のどもと》をくすぐられているような、良き気分じゃ」

「そんなに素直に喜んでくれるなんて……竜之介様って、可愛いっ」

お路は再び、若殿の玉袋を吸った。


後家《ごけ》のお路は、口の中で男の瑠璃玉を、ぬくり…ぬくり……と転がした。

松平竜之介の布倶里の半分が、彼女の口に呑まれている。男根を呑まれた時と違って、玉袋を口唇愛撫《こうしんあいぶ》される時の感触は、単純ではない。

まず、温かい口腔《こうくう》粘膜が、玉袋の表面に密着している。そして、二十八歳の女の舌が、その表面を舐《な》めたり押したりする。

さらに、袋の内部にある玉が、舌に押されて、転がされる。

この時、瑠璃玉は、袋ごしに女の舌に動かされる快感と、袋の内側とこすれ合う快感を、二重に味わうことになるのだ。

袋の表面と内側、その中の玉というように、悦楽《えつらく》の発生部分が三ケ所に分かれ、しかも、その玉が二つあるので、複雑な快美感が竜之介の神経を蕩《とろか》すのだった。

左右の玉を交互に含んで、愛撫するお路の様子を眺めながら、家出中の若殿は、

（わしは、城を出て良かったな……。鳳城の中で、爺《じい》たちに囲まれ、将軍家のご息女である花嫁殿に気を使いながら暮らしていたら、こんな素晴らしい愉しみがあることを知らぬまま、一生を終えていただろう）

胸の中で吐息《といき》をついた。

（思えば、鳳藩松平家の嫡子としてのわしは、人生の表側しか見ていなかった。ただ家臣たちが決めた道の上を、よそ見もせずに歩いていたようなもの……とんだ馬鹿殿様じゃ。だが、どんなに取り澄ました男女も、閨《ねや》の中では、かような痴《ち》戯《ぎ》に耽《ふけ》っておるのだ。それが、人間の本当の姿なのだ。人間の裏側、人生の裏側を知らずして、果して一国の藩主が勤まるものであろうか……）

不意に、お路が顔を上げて、

「何を考えていらっしゃるの、竜之介様。あたしのおしゃぶりの仕方が、物足りなかったのかしら」

「ん？　ははは、左様なことはない」

若殿は、年増女《としま》の勘の鋭さにいささか驚きながらも、答えた。

「わしはな、お路殿に出会えて、本当に良かったと思っていたのだ」

「まあ、そんな」

お路は、両手で真っ赤になった頰《ほお》をおさえる。

「あたしみたいな者に勿体《もったい》ない……もう、こうなったら、徹底的にご奉仕しなければ」

「まだ、これ以上の業《わざ》があるのか」

「ええ、竜之介様。申し訳ありませんが、お軀《からだ》を左向きにしてくださいな。――ええ、そうです。そして、右足を立てて……はい」

お路は、竜之介とは逆の向きで横になり、彼の股間《こかん》に頭を潜《もぐ》りこませた。そして、舌先で会陰《えいん》部を、ちょんっと突いて、

「玉袋とお臀《しり》の孔《あな》との間を、蟻《あり》の門渡《とわた》りと申します」

「蟻の門渡り……」

「殿方のこの部分には、細い筋のようなものがあって、ちょうど、蟻が歩く道のように見えるからでしょう。殿方には必ず、この筋がありますが、女子《おなご》には、あまりないようですね」

「筋があろうが、なかろうが、ここを撫《な》でたり舐めたりされたら、男も女も、とても悦《よ》がるんですよ。このように――」

お路は、竜之介の会陰部に、紅唇を押しつけた。そして、舌先でゆるゆると、その蟻の門渡りを舐め始める。

「ふうん、面白いな」

「むむ……たしかに、そこを舐められると、むず痒《がゆ》いような妙な心持ちになるな」

松平竜之介は、正直に感想を述べた。

横向きに寝た全裸の彼の股間《こかん》には、これまた一糸まとわぬ色後家のお路が、頭をもぐりこませている。

そして、玉袋と後門の間の会陰《えいん》部――俗に蟻《あり》の門《と》渡《わた》りと呼ばれているあたりを、舌先で辿《たど》っているのだった。

玉袋から後門の方へ、後門から玉袋の方へ、何度も何度も舌を往復させる。

しかも、それと同時に、彼女は右手で黒光りする巨砲をこすり立てるのだから、竜之介は、快感の内圧がどんどん高まってゆくのを感じた。

「お路殿、待て、そのように奉仕されると、わしは、またも吐精してしまいそうじゃ」

「あら、いけません。精を放つなら、あたしの中に出して」

「そうか。第二試合があるのだな」

「うふふふ。じゃあ、最後にここを――」

二十八歳の年増女《としま》が、ちゅっと吸いついたのは、何と、若殿の後門であった。

「これこれ。そのような不浄の場所に、口をつけてはならぬ」

「何を、おっしゃいますやら。惚《ほ》れ合った男女の軀《からだ》に、不浄な場所なんかありません。それに竜之介様は、さっき、お風呂で綺麗になすったじゃありませんか」

「それは、そうだが……」

「あんまり刺激が強いと、吐精されるかも知れないから、少しだけね」

そう言って、お路は再度、竜之介の排泄孔《はいせっこう》に紅唇を押しつけた。舌先で、ちろちろと窄《すぼ》まった小孔を舐めまくる。

「む……これも閨《ねや》の業《わざ》の一つか」

「はい。この孔の奥には、お珍々に活を入れる秘点《ツボ》があるんですよ。ぐんにゃりとして元気のないお珍宝も、その秘点を指か舌で刺激したら、ぴーんと起《お》っ勃《た》ちます」

「しかし、今のわしには必要あるまい」

「ふふ、そうね。竜之介様は、怖いくらいにお元気ですもの。では……」

お路が、結合のために軀の向きを入れ変えようとすると、竜之介が、その臀《しり》を摑《つか》んだ。

「お路殿。今度は、わしの番だぞ」

若殿は、横向きになった年増女の股間に、頭部を入れた。そして、濃い繁みに飾られた秘処《ひめどころ》に、唇を押しつける。お路は仰天《ぎょうてん》した。

「あっ、竜之介様！　いけませんっ」

「惚れた女のものならば、舐めたりしゃぶったりしたくなる――そう申したのは、そなただぞ。お路殿」

「そりゃそう言ったけど……あっァアん！」

花園の内部に溜《た》まっていた透明な愛汁《あいじゅう》を、ぢゅるぢゅる……と音を立てて啜《すす》られて、お路は、全身が痺《しび》れそうな悦楽《えつらく》に襲われた。

「いささか、刺激が強すぎたようだな」

早くも、女体の反応を読むことを覚えた竜之介は、ソフトな愛撫《あいぶ》に切り替えた。

赤黒い花弁《かべん》の縁を、そっと舌先で舐める。

左右の花弁に交互に、それを繰り返していると、竜之介は、花弁の合わせ目から、真珠のような光沢のある肉粒が露出しているのに、気づいた。

「お師匠。ここから顔を出しているものがあるが、これは何かな」

竜之介は、指先で肉粒を突いてみる。

「ひっ……そ、それは……雛先《ひなさき》ですぅ」

お路は、息も絶え絶えに答えた。

雛先――陰核《クリトリス》のことである。

前《さき》に述べた雛先以外にも、陰核には、様々な呼称がある。

核頭《さねがしら》、豆、玉舌《ぎょくぜつ》、陰挺《いんてい》、紅舌《こうぜつ》、肉根《にくね》、吉舌《きちぜつ》……などで、呼称の種類が多いのは、それだけ重要視されているからだろう。

「そ……その雛先《ひなさき》は、女の軀《からだ》の中で、一番敏感なところなんです。そこを上手にいじられただけで、女は気をやってしまうほど……」

喘《あえ》ぎながら、後家《ごけ》のお路は説明する。

「だけど、敏感すぎて、あんまりいじられると痛くて、かえって醒《さ》めてしまうの」

「なるほど。強すぎる刺激は厳禁というわけだな」

若殿浪人の松平竜之介は、膨張《ぼうちょう》した肉の真珠《しんじゅ》を、間近に観察しながら言った。

二人は、逆向きの横臥位《おうがい》の格好《かっこう》になっている。つまり、〈横向き69《シックスナイン》〉の形だ。

「ええ。雛先は、普段は、皮の鞘《さや》をかぶって隠れているの。それが、殿方に抱かれると、興奮して大きくなり、顔を出すんですよ」

「この雛先の大きさからして、お路殿は今、ひどく興奮しているというわけだな」

竜之介は、年増《としま》女の雛先に、熱い吐息《といき》を吹きかける。触れる刺激が強いというのであれば、息ならばよかろう――と考えたのだ。

「はァァ……ん」

お路は、意外な愛撫《あいぶ》に、甘ったるい呻《うめ》きを洩《も》らす。

「次は、ここだな」

若殿は、花園と後門との中間地帯――すなわち、会陰部に唇を押しつけた。

「あひっ」

びくん、と女の軀が反《そ》りかえった。

二十八歳の花園が収縮して、そのために、後門が花園の方へ引っぱられる。まるで、軟体動物のような動きであった。

さらに若殿は、薄茶色の色素が沈着した後門に愛撫を加えた。直径一センチほどの放射状の皺《しわ》を、舌先で一本ずつ舐《な》める。

「駄目っ、駄目よ！」お路は半狂乱になった。

「ああっ……立派なお武家様が、あたしのような女のお臀《しり》の孔《あな》を舐めるなんて……ひぐっ……そんなの罰があたるう」

「何を言う。そなたは、わしのお師匠ではないか。文字通り、手とり足とりで、女体攻略のいろはを教えてくれた」

「竜之介様……」

「そして、わしの臀まで舐めてくれたのだから、そのお返しをするのは、弟子として当然ではないか」

「う、嬉しい……っ！」

お路は、もがくように軀の向きを変えると、若殿に抱きついた。

そして、自分の臀孔を舐めたことを厭《いと》いもせずに、竜之介の唇を激しく吸った。

仰向《あおむ》けになった竜之介の上に、お路は、のしかかると、そそり立っている巨砲を体内に迎えた。興奮しきっているので、自分から臀を振って、悦楽《えつらく》を貪《むさぼ》る。

女盗賊のお紋に押し倒された時と違って、竜之介は両手で豊満な臀肉を鷲掴《わしづか》みにし、指先で後門を嬲《なぶ》る余裕を見せた。

やがて、全身を震《ふる》わせて達したお路の秘肉の奥に、したたかに放つ……。

それから明け方近くまで——竜之介はお路から色々なことを教えられながら、何度も何度も交わった。

さすがに最後には、汗と体液の全てを絞り出したようになり、二人とも、ぐったりとして眠りこむ。

だが、二刻《ふたとき》——四時間と眠らない内に、店の表が騒がしくなって、目が覚めた。

大勢の人間が、何か怒鳴《どな》り散らしているのだ。


「こら！　出てきやがれっ」

「二本差しめ、ぶっ殺してやるっ！」

お路の笠《かさ》屋の店先で、大勢の男たちが喚《わめ》く声が、寝間にまで聞こえた。

「あれは何だ」

年増《としま》女と結合したまま、松平竜之介は、枕元の大刀に手を伸ばした。

「ゆ、昨夜《ゆうべ》の雲助《くもすけ》たちが、仲間を連れてきたみたい！　どうしましょう……」

全裸のお路は、これも裸の竜之介の広い胸に、すがりついた。男の凶器を咥《くわ》えこんだままの蜜壺《みつつぼ》が、恐怖のために収縮する。

「雲助か……案ずることはないぞ、お路殿。それより、後始末を頼む」

「まあ、これは……はいっ」

お路は、あわてて桜紙《さくらがみ》を取って、結合部にあてがった。

己《おの》れの内部に注《そそ》ぎこまれた精が漏《も》れぬように気をつけながら、男根を抜き取る。

それから、丁寧《ていねい》に桜紙でぬぐった。

「着物じゃ」

後始末が済むと、竜之介は仁王立ちになった。

左手には大刀を持ち、油断なく店の周囲の気配をさぐる。

お路は、竜之介の前に跪《ひざまず》いて、真っ白な下帯《したおび》を締めてやった。その途中に、不安からか、何度も狂おしく男根を吸う。

全てをお路に任せて、竜之介は肌襦袢《じゅばん》と小袖《そで》を着こみ、帯を締めた。さすが鳳藩の若殿だけあって、他人に着せて貰《もら》うのには慣れているのだ。

帯に扇を差して、着流し姿の竜之介は、店の外へ出た。

そこには、十人ほどの雲助が、息杖《いきづえ》を手にして群れていた。

「あ、熊《くま》の兄貴！　こいつだっ」

「間違いねえよっ」

　昨日の夜、お路を輪姦《りんかん》しようとして竜之介に成敗《せいばい》された房州松と播州定が、口々にわめく。

　熊と呼ばれたのは、六尺《しゃく》豊かな大男だ。肩幅と同じくらい胴体の厚みがある、広い胸に胸毛が密生していた。

「俺ァ、奥州《おうしゅう》熊だ。東海道じゃあ、少しばかり売れた顔だぜ。弟分の房州松を可愛がってくれた二本差しってのは、てめえか」

「初対面の相手に向かって、左様な口のきき方をするものではない。何か用かな」

「用事は大有りよ。お礼がしたくてな。命までとろうとは思わねえが、半年ばかり、床から起き上がれない軀《からだ》にしてやるぜっ」

「わしは半年も寝ていられるほど、閑人《ひまじん》ではないよ」

「てめえを始末したら、あの色っぽい後家を、みんなで腰が抜けるまで可愛がってやるぜ。野郎ども、たたんじまえっ」

　雲助たちは、飛蝗《ばった》のように竜之介に襲いかかってきた。

　若殿は、左手の刀を抜かなかった。

　右手で帯の扇を抜き取ると、そいつで、雲助どもの手首や甲、首筋などを打ち据える。

通常の白扇《はくせん》で、護身用の鉄扇《てつせん》ではないが、扱ったのが只者《ただもの》ではない。武芸十八般の奥義《おうぎ》を極めた、松平竜之介である。

男たちは、家鴨《あひる》が絞め殺されるような濁った悲鳴を上げて、路上に転がった。瞬《また》く間に、奥州熊をのぞいた全員が、地べたに倒れ伏してしまう。

「むむ……てめえは天狗《てんぐ》か鬼か！」

顔中を脂《あぶら》汗まみれにして、熊は、呻《うめ》くように言った。

「降参する気はあるかな」

「黙れっ！」

息杖を振りかぶった大男の眉間《みけん》に、竜之介は、白扇を叩きつけた。

「ごふっ」

白目を剝《む》いた奥州熊は、地響きを立てて、仰向《あおむ》けに倒れる。

「おっ、あれは！」

松平竜之介は、さっと編笠《あみがさ》の縁を下げて、顔を隠した。

東海道の金谷宿《かなや》――夕方近くに、その通りを竜之介が歩いていると、前方の旅籠《はたご》から武士の一団が出てきた。

全員が旅支度《じたく》で、先頭の老武士に見覚えがある——のも当り前、それは竜之介の守役《もりやく》の岸田晋右衛門《きしだしんえもん》ではないか。

「岸田様。この旅籠にも、若殿はおられませんでしたなあ」

「しっ、声が大きい」晋右衛門は叱咤《しった》して、

「こうなったら、この宿場の旅籠を、一軒ずつ虱潰《しらみつぶ》しに調べるのじゃ。草の根わけても、あの御方を連れ戻さねば、我が藩の存亡にかかわる。よいなっ」

「はっ」

四方にわかれた若殿捜索隊を、竜之介は、居酒屋を覗きこむ振りをして、やり過ごす。幸いにも、鳳城を抜け出した時の袴《はかま》姿ではなく着流しだったためか、誰も気づかなかった。

よく見れば、刀でわかったはずだが……。

見附宿で、色後家《いろごけ》のお路に女体《にょたい》攻略法を一晩がかりで教授された、竜之介である。

ところが今朝、お路を輪姦《りんかん》しようとして竜之介に成敗《せいばい》された雲助《くもすけ》が、大勢の仲間を引き連れて、押しかけてきた。

そこは武芸十八般を極めた若殿、白扇《はくせん》一本で無法者どもを打ちのめしたまでは

良かったが、これほどの騒ぎを宿場で起こした以上、藩の役人の耳に入るのは必《ひっ》定《じょう》だ。役人に尋問《じんもん》されれば、身分がばれてしまう。

そこで、お路は、すぐに竜之介の上等な衣服を古着屋に売り払い、若竹色の粋《いき》な単衣《ひとえ》を買ってきてくれた。

たっぷりと路銀《ろぎん》を調達できた竜之介は、あわただしく激しく、お路と別れの交わりを済ますと、見附宿を出立《しゅったつ》して東へ向かった。

いささか寝不足ではあったが、袋井《ふくろい》、掛川《かけがわ》、日坂《ひさか》と順調に来て、さて、今夜は金谷宿に泊まろう、旅籠とは、どのようなものかな——と呑気《のんき》なことを考えていたら、突然、晋右衛門の一隊と接近遭遇《そうぐう》したのである。

（これはいかん。せっかく、気ままな旅の素晴らしさを知ったばかりだというのに、城に連れ戻され、我儘《わがまま》な桜姫のご機嫌とりなどさせられて、たまるものか）

このまま、宿場をうろうろしていると、危ない。

若殿は、左手の店と店の間の路地へ入った。路地を抜けると、無謀《むぼう》にも林の中に分け入る。

西も東もわからぬまま、闇雲《やみくも》に山奥へ入ると、すぐに陽《ひ》が落ちて、あたりは真っ暗。

携帯用の小型提灯《ちょうちん》を下げて歩いているうちに、巨木の虚《うろ》を見つけた。その中に草を敷いて、竜之介は座ったまま眠ることにする。

さすがに翌朝は、軀の節々《ふしぶし》が痛かった。

湧き水を見つけると、洗顔して口をすすぎ、竹筒《づつ》に水を入れて、歩き出す。

脇街道の身延《みのぶ》道に出るつもりであったが、馴《な》れ親しんだ領内の山ならいざ知らず、地図もなく見知らぬ山へ迷いこんだのだから、洒落《しゃれ》にならない。

太陽が真上にきても、身延道は見つからず、滝の音が聞こえてきた。

「助かった。まずは、汗を洗い流そう」

繁みの中から河原へ出た竜之介は、「おっ」と足を止めた。

若い娘が、滝の水を浴びていたのだ。無論、一糸《いっし》まとわぬ裸体である。

第三章　野生の娘

「誰だっ！」

全裸の娘の動きは、早かった。

誰何《すいか》するのと同時に、ぱっと河原へ跳んで、大きな石の上に置いてあった弓と矢を手に取り、構える。

「ほほう」

若殿浪人・松平竜之介《まつだいらたつのすけ》は感心した。

修業を積んだ武士でも、なかなか、これほど素早く反応できるものではない。しかも、娘は、乳房も秘部も隠そうとはしなかった。何の躊躇《ちゅうちょ》もないのは、凄《すご》い。

が、感心ばかりしているわけにはいかなかった。

娘が警告もせずに、いきなり、矢を放ったのだ。矢は四間《けん》――七・二メートルほどの距離を、若殿の胸元を狙って一直線に飛んでくる。

「おっと」

かなりのスピードだったが、竜之介は軀《からだ》を開くと、抜き打ちで矢を斬《き》って捨てた。

そばの矢筒《づつ》には十数本の矢が残っていたが、娘は、次の矢を構えるのも忘れて呆然《ぼうぜん》としている。

「どうした、二の矢をつがなくてよいのか」

若殿は、敵意がないことを示すために、わざと、のんびりした口調で言う。

「お前……強いなァ」

娘の言葉には、驚きと尊敬が入りまじっていた。弓を下ろして、

「オレの矢を外した奴は、お父《とう》以外には、お前が初めてだ」

「距離があったからな。もう少し近かったら、わしも、よける暇がなかったかも知れん」

刀を鞘《さや》に納めて、竜之介は、娘に近づいた。

十代後半であろうか。濡れた黒髪が、肩甲骨《けんこうこつ》のあたりまで垂《た》れ下っている。

顔の造りは鋭角《えいかく》的で、猫科の動物を思わせるが、化粧など全くしていないにも

かかわらず、美しかった。内部から生命力がにじみ出ているような、健康的な美しさだ。

小柄だが、牝鹿《めじか》のようにしなやかな肢体《したい》で、手足がのびやかに発達している。顔と腕と足は小麦色に日焼けしていて、胴体の色の白さが際立《きわだ》っていた。

乳房は小ぶりだが、椀《わん》を伏せたように形が良い。下腹は平べったく引き締まり、亀裂《きれつ》の上に、一つまみほどの恥毛《ちもう》が生えている。

「そうかな。――いや、やっぱり、お前の方が強いよ」

そう言うなり、娘は、ごろりと河原に大の字に寝てしまった。恥毛に飾られた桜色の可愛い秘唇《ひしん》が、まともに見えてしまう。

「おい、何をしている」

「お前の勝ちだ。オレを好きなようにしな」

「何だと……？」

「山の掟《おきて》だ。強いものが弱いものを倒して、負けたものは、殺されても喰《く》われても文句は言えねえんだ。さあ、殺せ」

「うーむ」若殿は唸《うな》った。

近ごろの武士の軟弱さは、守役《もりやく》の晋右衛門《しんえもん》から、耳に胼胝《たこ》ができるほど聞かされている。

　切腹の場で恐怖のあまり失神した——などというのは、まだましな方である。切腹が怖くて夜逃げをしたり、夜道で町人に脅《おど》かされて所持金を巻き上げられたりと、武士としての矜恃《きょうじ》の欠片《かけら》もない腰抜けぶりであった。

　それに比べて、この山育ちらしい娘の潔《いさぎよ》さは、どうだ。色気で、竜之介を誑《たぶら》かそうとしているのではない。本気で、殺されても構わないと覚悟を決めているのだ。

「とにかく、起きて何か着てくれ。そのままでは、目のやり場に困るではないか」

「何で？」

　小麦色の娘は、不思議そうに訊《き》く。

「いいから、着物を着てくれ。頼む」

「死ぬのに、着物なんか着たってしょうがないだろ。面倒くさい」

　全裸で仰向《あおむ》けになっている娘は、投げやりな口調で言う。松平竜之介は、

「いや。わしは、お前を殺す気はないのだ」

「え？　殺さないの？」

発条《バネ》仕掛けの人形のように、娘は、ぱっと上体を起こした。

同時に片膝を立てたので、股間《こかん》の桜色の秘唇が微妙に歪《ゆが》み、新鮮な色艶《つや》をした内部粘膜までが見えてしまう。

「嘘じゃないよな？　嘘をついたら、蝮《まむし》を生きたまま呑ませるぞっ」

「わかった、わかった……どうにも困ったものだな」

あまりにも開けっ広げな娘の態度に、竜之介は閉口して、視線を逸《そ》らせた。

「そうか。いやあ、オレも、腹がへったまま死ぬのは、ちょっと残念だったんだ」

小麦色に日焼けした娘は、元気良く立ち上がると、

「ところで、お前の名は何ていうの？　オレ、真菜《まな》だよ」

さっきまで、死を覚悟していた者とは思えないほどの、陽気さである。

「わしの名は松平…いや、松浦《まつうら》竜之介という」

「ふーん、竜之介ねえ」

全裸の真菜は、じろじろと無遠慮に、若殿を上から下まで眺めて、

「竜之介。何だよ、その汚ない格好《かっこう》は」

「う……その……道に迷ってしまってな」

まさか、自分は鳳《おおとり》城から家出した若殿で、追いかけてきた家臣たちから逃れ

るために、山に分け入った――とは言えない。

「汗だらけで、ぐちゃぐちゃじゃねえか。オレと一緒に滝浴みしようぜ。ほれ、早くっ」

　言うが早いか、真菜は、竜之介の帯を解《ほど》きにかかった。驚く若殿を、すぐに、下帯《したおび》だけの裸にしてしまう。

「ずいぶんと手際《てぎわ》がいいのう」

「いっつも、お父《とう》の世話をしてたからな」

　そう言いながら、娘は、竜之介の下帯まで外してしまった。

　だらりと、股座《またぐら》から長大な男根が垂《た》れ下《さが》る。

「おおっ！　お前の珍々、でっかいなあ！」

　真菜は大胆にも、男の股間を覗きこんだ。

「お父の珍々もでかかったけど、竜之介のは、お父以上だよ、うん」

「これこれ。あんまり、顔を近づけるな」

　どういう育ち方をした娘なのか――と、世間知らずの若殿でさえ、あきれてしまう。

「とにかく、さっさと滝浴みしようぜっ」

真菜は、竜之介の手をひいて滝の中に入った。落水の幅が二間《けん》——三・六メートルほどもある滝だから、二人が並んで浴びるのも無理ではない。

深い森の中をさまよった竜之介は、生き返るような思いで水を浴びながら、

「ところで、お前の父は、どうしたのだ」

「死んじまったよ、春先に」

脇の下をこすりながら、頑丈《がんじょう》だったのに、真菜は平然とした口調で、

「お父は、岩みたいに頑丈だったのに、風邪をこじらしちまってさあ。オレ、墓の前で、三日も泣き通しだったよ」

「それは気の毒であったな」

「しょーがねーよ、生きてるものは、いつか必ず死ぬんだから」

あっさりと言って、真菜は片足を岩の上に乗せると、女性器に指を入れた。丁寧《ていねい》に、内部を洗う。若殿は、もう何も言えない。

「おい、竜之介」と真菜。

「オレよう、秘女子の中を洗ってると、もやもやした妙な気分になるんだ。何でかな?」

真っ昼間に、全裸の男と一緒に水浴びをして、秘処《ひどころ》の内部を指で洗いながら、

「中を洗ってると、もやもやした妙な気分になるんだ」と言う小麦色の娘、真菜。

（この娘は……！）

世間知らずでは人後に落ちない若殿浪人の松平竜之介も、この真菜という娘の開けっ広げな態度には、驚かずにはいられなかった。

天真爛漫《てんしんらんまん》といおうか、天衣無縫《てんいむほう》というのか……。物怖《お》じせずに思ったことは何でも口に出すが、羞恥心《しゅうちしん》の欠片《かけら》もないし、SEXに関する知識も皆無である。

生まれっ放しの野生児なのだ。

「そなたは、父に育てられたのか」

竜之介は娘に訊《き》いた。滝の音がうるさいので、話すというより、叫ぶという感じである。

「ソ・ナ・タ？　ああ、オレのことか。うん。生まれた時から、ずっと、お父と一緒に、この虎ケ岳《とらがだけ》で暮らしてたんだ」

「母者《ははじゃ》は、如何《いかが》いたした」

「ハハジャとイカ……竜之介は変なことばかり言うな。ハハジャなんて、そんな

蛇《へび》、聞いたことねえぞ。大体、山ん中に烏賊《いか》がいるわけねえだろ。常識ないな、お前」

「いや、つまり……お前の母はどうした」

「見たことないよ。何か、オレを生んですぐに逃げたって、お父が言ってた」

「それは悪いことを聞いたな。すまん」

「いいよ、別に。……お、おおっ」

突然、奇声をあげると、真菜は、少し離れたところにある岩の上にしゃがみこんだ。

「?」

竜之介の位置からは、引き締まった少年のような白い臀《しり》の双丘《そうきゅう》が、二つに割れるのが見えた。

その割れ目から、一条の水流が迸《ほとばし》り出る。滝の音のため放出音は聞こえないが、透明な水流は孤《こ》を描いて、川面《かわも》に吸いこまれた。

竜之介は、度肝《どぎも》を抜かれてしまった。

当然のことながら、女性の排泄《はいせつ》場面を見るのは、生まれて初めてなのである。

「ん――……ちょっと冷えたかなあ」

放水を終えると、真菜は川に飛びこんだ。

そして、流れの中にしゃがむと、じゃぶじゃぶと秘部を洗う。

「竜之介。オレ、先にあがるぞ」

立ち上がった真菜は、河原へ行って、ぼろぼろの手拭《ぬぐ》いで、髪の毛や軀《からだ》をふいた。

竜之介も河原へ行って、手拭いを使う。

真菜の方は、手早く肌着と着物を着こむ。動きやすさを重視しているのか、袖《そで》無しで、丈《たけ》も太腿《もも》の半ばまでしかない。

髪を後頭部に集めると、赤い布の端切《はぎ》れで根元を縛《しば》る。ポニーテイルにしたわけだ。

そして、真菜は草鞋《ぞうり》の紐《ひも》を結ぶと、帯に山刀を差し、矢筒《づつ》を背負った。弓を手にする。

小麦色の肌の美しい狩人《かりうど》であった。

その頃には、竜之介も衣服をつけていた。

「お前、腹へってるだろ」と真菜。

「オレの小屋へ来いよ。何か喰わしてやるから」

そう言うなり、さっさと歩き出した。

「真菜。お前は、いつも、あんな風に人前で……用足しをするのか」

「はあ？　しーしーのことか。お前の下流でしたんだから、構わねえだろ。一度、お父が川の水で顔を洗ってる時に、上流でしーしーしたら、ぶん殴られちゃったよ」

真菜は、けらけらと笑った。

（これはいかんな。この娘に、常識と礼儀を教えてやらねば。このままでは、先々、困ったことになる）と竜之介は思った。

（ついでに、男女の交わりについても教えてやらないと、な）

「うむ……これは、なかなか旨《うま》いな」

「そうだろ？　お父も、オレの作る山菜粥《がゆ》が旨いって、よく誉《ほ》めてくれたぜ」

野生の娘・真菜の猟師《りょうし》小屋は、思ったより広かった。

L字型をした土間は、十畳ほどの大きさで、左側に出入口が、右側に竈《かまど》がある。

竈の脇には、大きな水瓶《がめ》があった。

土間を広くとったのは、獲物《えもの》の解体作業などのためであろう。

板の間は八畳ほどで、真ん中に囲炉裏《いろり》が切ってある。土間に近い方には茣蓙《ござ》が敷かれ、奥には大きな熊皮《くまがわ》が敷かれていた。

壁には、笠や蓑《みの》、鹿《しか》皮の胴着《どうぎ》などが掛けてあった。隅には、行李《こうり》や挽《ひ》き臼《うす》などが置いてある。

「お父は権次《ごんじ》といって、遠《えん》州一の猟師だったんだぞ。オレは、お父の後を継いで、立派な猟師になるんだ」

若殿浪人の松平竜之介と一緒に、味噌《みそ》仕立ての山菜粥を食べながら、真菜は言う。

お菜は、さっき川で獲《と》ったばかりの岩魚《いわな》である。その岩魚に塩をなすりつけて、囲炉裏の火で炙《あぶ》ったものだ。

「なるほど、それは感心なことだな。――いや、馳走《ちそう》になった」

竜之介は、椀を置いて一礼する。

「ああ、喰《く》った喰った」

十八歳の娘も椀を投げ出すと、ごろりと手枕で横になった。下着をつけていないのに、片膝を立てたので、大事な部分が丸見えになってしまう。

この虎ケ岳の山中で父親に育てられた真菜は、生まれっ放しのような娘で、幼児のように礼儀も常識も知らず、羞恥心《しゅうち》も持ち合わせていないのだった。

　十八歳といえば、押しかけ我儘《わがまま》花嫁の桜《さくら》姫と同じ年齢だが、この開けっ広げな態度は、問題である。

「真菜。お前は山から降りたり、宿場へ行ったことはないのか」

「前に金谷《かなや》宿へ行ったけど、つまんねえとこだよ。人ばっかり多くて、みんな気取ってるし。オレをじろじろ見て、笑うんだぜ。変な奴らだよな」

　まあ、それも無理はないだろう――と竜之介は思いながらも、

「しかし、暮らしに必要なものは、どうするのだ。たとえば、塩とか」

「月に三、四回、金谷宿の獣肉《ももんじ》屋の与市《よいち》ってのが、肉や毛皮を取りに来るんだ。その時に、塩とか薬とか油とかを持ってくるからよ。だから、麓《ふもと》へなんて降りる必要はねえんだ」

「そうか。真菜、ちょっと来い」

　竜之介は、小麦色の娘を手招きする。

「え？　何？」

　真菜は、手と膝《ひざ》で這《は》い寄ってきた。その彼女を、若殿は軽々と胡座《あぐら》の上に乗せる。

「あれ、オレを抱っこしてくれるのか。お父も、オレが小っちゃい時に、よく抱っこしてくれたよ」

野生の娘は、仔猫《こねこ》のように軀《からだ》を丸めて、嬉しそうに竜之介の胸に頰《ほお》をこすりつけた。滝浴みしたばかりだが、甘い汗の匂いが漂う。

「なあ、真菜。お前が、ずっと一人で山で生きてゆくにしろ、誰かの嫁になるにしろ、今のままではいかんぞ」

「へえ？」

真菜は、きょとんとする。

「世間の常識や礼儀作法を覚える必要があるが、……まず、その前に、お前を女にしてやろう」

「は？　オレ、女じゃないの？　だって、珍々ないよ。秘女子、ついてるよ」

「いや、そうではない。本物の女にしてやろう、というのだ」

そう言って、竜之介は真菜の唇を吸った。

「う……………」

娘は目を閉じて、小さく喘《あえ》ぐ。

「何、これ……？」

真菜は、松平竜之介に接吻《せっぷん》されて、酔ったような表情になる。

「頭が……ぽわァんとしちゃった」

「これは口吸いという。惚《ほ》れあった男と女が、二人きりになった時に行なうものだ」

女体《にょたい》攻略法を指南してくれた見附《みつけ》宿の色後家《いろごけ》・お路《みち》からの受け売りであるが、竜之介は、自信たっぷりに解説した。

「惚れあった男と女……」

「真菜。お前は、わしが嫌いか」

「ううん。オレ、強い男が好きだ。竜之介は強いから、好きだよ」

猟師の父に育てられた真菜は、強い男を無条件で尊敬する娘であった。

「わしも、真菜の飾り気がない溌剌《はつらつ》とした態度を、好ましいと思っておる。だが、今のままでは、いささか溌剌とし過ぎておる。本当の女になれば、立ち居振る舞いもおのずから、おとなしくなるだろう」

「難しくて、わかんねえ……。それよか、今の口吸いっての、もう一遍《ぺん》して！」

「よし、よし」

竜之介は、真菜の頤《あご》に指をかけると、唇を重ねた。

今度は、舌先を滑りこませる。そして、娘の口の中を、掻《か》きまわした。

「んぅ……んん……」

目を閉じた真菜は、夢中で舌を絡《から》ませてきた。

夫婦蝶《めおとちょう》が戯《たわむ》れるように、二人の舌はもつれ合い、互いの口の中を行き来した。

流れこむ男の唾液《だえき》を、真菜は喉《のど》を鳴らして飲む。

その間に、竜之介の右手は、彼女の剝《む》き出しの膝から内腿へと撫《な》でまわした。

野山を駆けまわって成長した真菜の軀は、のびやかに筋肉が発達し、そこに年ごろの娘らしい脂肪がのって、弾力的な感触である。

一切の労働とは無縁に育った桜姫の、人形のような繊細《せんさい》さとは正反対に、若さがはち切れそうな肉体である。どちらも、男の欲望を、そそる体軀《たいく》には違いないが。

着物の裾《すそ》が太腿の半ばまでしかないので、竜之介の手は、簡単に内腿の付根に達してしまう。

真菜は下着をつけていない。湿った亀裂《きれつ》を、竜之介が、そっと撫で上げると、

「……ひっ！」

真菜は、びくんっと軀を反《そ》らせた。

「な、何……今の？　竜之介が秘女子さわったら、オレ、甘く痺《しび》れたみたいな変な感じ」

「自分でそこに触れるよりも、何倍も感じるであろう」

「うん。竜之介ぇ……もっと、オレの秘女子にさわってくれよ」

「オレではなく、若い娘らしく〈あたし〉と言うのだ」

再び内腿を撫でながら、若殿は言う。

ほんの数日前までは、筋金入りの童貞で、性交という行為そのものを知らなかった竜之介に、後家のお路はたっぷりと性教育してくれた。

それが、今度は逆に、無垢《むく》な十八娘にＳＥＸを教えこむ立場になったのである。

優越感と征服欲が同時に満たされて、これは、なかなかに楽しい作業であった。

「あ・た・し？」と真菜。

「……んっと、それじゃあ……竜之介、あたしの秘女子をさわって……くれ。お願い」

あたしの秘女子をさわって——と野生の娘・真菜は、露骨《ろこつ》な言葉で愛撫《あいぶ》を求めた。

「ここか。ここを、こうして欲しいのか」

松平竜之介が、真菜の亀裂《きれつ》の花弁《かべん》を指でまさぐると、

「ん……あふっ……」

小麦色の娘は目を閉じて、可愛い喘《あえ》ぎ声を洩らす。

さらに愛撫を続けると、内部から透明な花蜜が溢《あふ》れ出して、肉の花弁が、くちゅくちゅという卑猥《ひわい》な音を立てた。

「何だか……変な音がするぅ」

「真菜。お前の秘女子の入口には、二枚の花弁がついている。ほら……これが右の花弁……こっちが左の花弁だ。わかるであろう」

「あぐっ……う、うん……」

真菜は、こくんっとうなずいた。

「この二枚の花弁が濡れて、こすれて、こんな音を立てているのだ」

「オレ…じゃなかった、あたし……しーしーしちゃったの？」

「違う、違う」竜之介は微笑した。

自分も勘違いして、お路に同じことを言ったのを、思い出したのである。

「小水《しょうすい》を洩《も》らしたのではない。女はな、惚《ほ》れた男を軀《からだ》に迎え入れる用意ができると、秘女子の奥から自然と淫水《いんすい》が湧きだしてくるのじゃ。——ほら」

若殿は、美しい秘処から指を抜くと、それを真菜の目の前にかざした。

「濡れているだろう。これがお前の淫水だ」

「へえ……」

不思議そうな顔をする無邪気な真菜を見ていると、竜之介は、不意に苛《いじ》めてやりたくなった。

赤ん坊を眺めていると、あんまり可愛いので、つい、頰《ほお》を突ついたり鼻をつまんでやりたくなる——あの感情と同じである。

竜之介は、愛汁《あいじゅう》に濡れた指先を、真菜の唇にねじこんだ。

「う……？」

「しゃぶるのだ、真菜」

「んぅ……む……」

「どうだ、自分の淫水の味は」

指を抜いてやると、真菜は、うっとりと上気した顔で、

「変な味ィ……竜之介の意地悪……」

目が潤《うる》んでいる。真菜もまた、男に嬲《なぶ》られる歓《よろこ》びに目覚めたらしい。

「よし、もっと舐《な》めさせてやるぞ」

竜之介は、湿潤《しつじゅん》な秘処《ひどころ》から愛汁をたっぷりと掬《すく》いとると、再び、娘の唇にねじこんだ。口の中を、指で掻《か》きまわしてやる。

「あぅ……んふ……」

真菜は、その指に舌を絡《から》めてきた。唇を窄《すぼ》める。

竜之介は、指を抜き差ししてやった。ちゅぽっ…ちゅぽっ……と音がして、まるで、娘の口唇を小さな男根で犯《おか》しているような感じだ。

竜之介は、その指を静かに抜いて、

「今、わしの指を、お前の口の中に入れたり出したりしただろう。同じように、お前の秘女子の中に、わしのお珍々を出し入れする――それが、男と女の交わりというものだ」

「あの、ぐにゃぐにゃしたお珍々を……？」

「これだよ」

竜之介は、娘の手を股間《こかん》に導いた。下帯《したおび》の中で、それは硬くなっている。

「あ……でかいっ」

野生の娘・真菜は、下帯ごしに勃起した男根を握らされて、幼児のように驚きの声をあげた。

「さっきもお珍々がでかかったけど、もっとでかくなってるぞ。それに、すごく硬いな。ねえ、どうして？　……ひょっとして、病気か」

「いや、そうではない。男はな、好きな女と交わりたいと思うと、こんな風になるのだ」

松平竜之介は、やさしく教え諭《さと》すように言った。

何も知らない無垢《むく》な娘に、ＳＥＸのいろはを手ほどきするのは、実に楽しい。異性に対して、ある種の優越感にひたれるからである。

竜之介に、自分の肉体をテキストにして女体攻略法を教えてくれた後家のお路も、同じ思いだったたであろう。

「よく見るがいい、真菜」

竜之介は娘を膝から下ろして、仁王《におう》立ちになった。着物の前を開き、白い下帯を外す。

彼の股倉《またぐら》から、天を指して生殖器が、そびえ立っていた。

玉冠部の縁《ふち》が大きく張り出した雁高《かりだか》で、長さも太さも普通人の倍以上である。

黒光りして、凶暴なほど逞《たくま》しい形状だった。

　真菜は目を丸くして、

「す…すげえ……何て立派な、お珍々様だろう。オレ…じゃなかった、あたし、こんなの初めて見たよ」

「そうか。では、真菜よ。わしのものに奉仕してくれ」

「奉仕って……どうすればいいのかな」

「まず、両手に柔らかく握る――」

　若殿の前に跪《ひざまず》いた真菜は、恐る恐る肉茎《にくけい》を握った。太くて、指がまわり切らない。

「わあ……あたしの手首より太いや。しかも、どっきん、どっきん…って脈打ってる。何か、別の生きものみたいだ」

「先の方を、咥《くわ》えるのだ。うむ……舌を使って、しゃぶれ」

　娘は素直に、黒々とした巨根の玉冠部を頰張《ほおば》った。精一杯に含んで、ぎこちなく舌を動かす。

　処女が、拙《つたな》い技巧で男根をしゃぶる様子は、なかなかに見応《みごた》えがある。

　竜之介は、真菜の後頭部を両手で押さえると、ゆっくりと腰を前後に動かした。

「あぐ……ん……ぐぅ……」

真菜は呻《うめ》いた。

長大な剛根が、娘の喉の奥にまで侵入し、次に玉冠下のくびれのあたりまで、後退する。その繰り返しであった。

唾液《だえき》で濡れた粘膜が、ぬぷっ…ぬぽっ…ぬぷっ……という音を立てて、こすれ合う。

「んんぅ……」

真菜の呼吸が苦しくなったと察するや、竜之介は、ずるりと巨根を引き抜いた。

小麦色の娘は大きく息をしながら、

「お珍々様、しゃぶってたら……あたし、秘女子が疼《うず》いてきちゃった。でも、こんなでかいお珍々様を入れたら、秘女子が裂《さ》けちゃうよ」

「案ずるな。女子の軀というのは、男のものを受け入れるようにできておるのだ」

若殿は、唾液まみれの巨根の根元を右手で握ると、真菜の左頰を叩いた。

軽く叩いたつもりだったが、粘土を練り固めたような剛根は、かなりの硬度と重量がある。

「お前の秘女子が、これを欲しがっている。それが、大丈夫だという証拠《あかし》よ」

さらに、右頬も叩いてやると、野生の娘の瞳は、とろとろと欲情に潤んできた。肉体的な強さを価値基準にする人間は、被虐《ひぎゃく》願望が非常に強いのである。圧倒的な強者に、自分の肉体を物のように乱暴に扱って欲しいのだ。

「ああ……お珍々様、凄《すご》い。頭が痺《しび》れてきた……ちょうだい、お珍々様を早く！」

松平竜之介は、真菜に、全裸になるようにと命じた。自分も、着物を脱ぎ捨てる。

優男《やさおとこ》の若殿だが、武芸の修業で鍛《きた》えた軀は、筋肉の束《たば》が見事に盛り上がっていた。

しかも、その逞《たくま》しい肉体の股倉《またぐら》から、さらに逞しい巨砲が黒々と屹立《きつりつ》しているのが、壮観である。

「真菜、仰向《あおむ》けに寝るがよい」

「う、うん……」

娘は、言葉少なに横たわった。さすがの野生児も、初めての性交とあって、やはり、緊張しているのだろう。

竜之介は、真菜の両足を立て膝にして、大きく開いた。女性器だけではなく、背後の門までも、露《あら》わになる。

恥毛《ちもう》は、ほんの一つまみほど、亀裂《きれつ》の上部に生《は》えているだけだ。その亀裂からは、一対の花弁《かべん》が顔を出している。

桜色だった花弁は、充血して赤みを帯び、ぽってりと厚みを増していた。女体《にょたい》が性的に興奮している証拠だ。

後家のお路の花弁は、木耳《きくらげ》のようによじれて皺《しわ》が多く色も鮪《まぐろ》の刺身のような暗赤色であったが、生娘《きむすめ》である真菜の女器は桜色をしていた。

花弁も、わずかに右側が大きい非対称だが、形の崩《くず》れはなかった。

竜之介は二本の指で、その花弁を開く。

菱形《ひし》に開いた女性器の内部には、真珠のような光沢《こうたく》を見せて、粘膜が艶《つや》やかに濡れ光っていた。男根の入口である花孔を塞《ふさ》ぐように、周囲の粘膜が、もこもこと隆起《りゅうき》している。

「これが、生娘の印《しるし》か……」

竜之介は、感慨深げに呟《つぶや》いた。

桜姫にも無論、この処女膜があったはずだが、夢中だったのでわからない。そもそも、お路に教えられて、初めて、処女膜というものの存在を知った竜之介なのである。

「え……生娘の印って何？」

怪訝《けげん》な顔をする真菜に、竜之介は、処女膜の意味を説明してやった。

「でも、そんなものがあったら、竜之介のお珍々様が、オレ…じゃねえ、あたしの秘女子の中に入れないじゃないか」

「だからこそ、男のものは、あのように硬いのだ。生娘の印を押し開いて、その奥へと進むためにな」

これも、お路からの受け売りである。

「それって、もしかして……痛くない？」

「なるべく、痛くしないようにしてやる。真菜、わしが信じられぬか」

「……そうか。オレ…あたし、竜之介に命を助けられた借りがあるんだったよな。命とられる覚悟なら、どんな痛みでも我慢できるはずだ」

真菜は健気《けなげ》にも、眦《まなじり》を決して、

「竜之介。あたしの軀、好きにしてくれっ」

「よしよし。なるべく、痛くないようにするから、安心するがよい」

そう言って、若殿は、真菜の秘部に唇をつけた。舌先で、花弁をくすぐる。

「あァっ……駄目だよ、そんなの……」

身悶《みもだ》えする娘の下半身を押さえつけて、竜之介は、さらに愛撫《あいぶ》を続けた。真菜の反応が高まるに従って、花孔の奥からは、透明な愛汁が泉のように滾々《こんこん》と湧き出してくる。

真菜が結合を望んでいる以上、長すぎる前戯《ぜんぎ》は、かえって逆効果だから、竜之介は軀をずり上げた。

猛《たけ》り立っている股間の雄物《ゆうぶつ》を右手で摑《つか》むと、愛汁まみれの花園にあてがう。

「う……」

あまりの質量に真菜は怯《ひる》んだが、すかさず、竜之介は腰を進めた。

「ひいイイ………………イイっ！」

貫かれた瞬間、真菜は、弓のように背中を反《そ》らせて、悲鳴をあげた。

全身の発条《バネ》を使って、のしかかった若殿浪人の松平竜之介を、跳ね飛ばさんばかりの勢いである。

後家のお路も、竜之介の巨根を初めて受け入れた時には苦痛の声を上げたが、処女だった真菜の痛みは、それとはレベルが違う。

「ううゥ……く、く……」

真菜は唇を嚙《か》みしめて、必死に耐えていた。
(これが、生娘の印を破るということか……)
竜之介は、長大な生殖器のほとんどを、女体に挿入することに成功した。
腰を止めて、引き裂かれた処女膜が発する、ずきっ…ずきっ……とい
う断末魔の痙攣《けいれん》を、じっくりと味わう。
生まれて初めて、異物の侵入を許した花孔の締まり具合も、痛いほどである。
女の生涯で、ただ一度だけの神聖な破華《はか》の儀式を遂行したという感激が、若殿
の胸を熱く満たす。
(仮に、真菜が、これから何百人の男と関係しようとも、今、わしが味わってい
る初々《ういうい》しい感覚を体験できる者は、絶対にいないのだ。つまり、男が生娘の印を
破るということは、その女の人生で、ただ一人の特別な者になる――ということ
なのだ。これこそ、男子の本懐《ほんかい》ではないか)
肉体的な快感と精神的な満足を同時に味わっている、松平竜之介であった。
(女の初めての男になる――それでこそ、男に生まれた甲斐《かい》があるというもの。
わしは、武芸と勉学に明け暮れて、こんな素晴らしいことがあるのを知らなんだ。
人生の、ほんの上辺《うわべ》しか知らなかったのだ)

竜之介は、胸の中で苦笑する。

（人情の機微《きび》も男女の愛情も知らずして、城の中で、のほほんと理想の藩政だの人の道だのと空理空論《くうりくうろん》を唱《とな》えていたのだから、滑稽《こっけい》なものよ……）

耐えている真菜の額《ひたい》に汗でくっついた前髪を、竜之介は、そっと撫で上げた。

真菜が、静かに目を開く。竜之介は、肌襦袢《じゅばん》の袖《そで》で彼女の汗をふいてやりながら、

「どうだ。まだ、痛むか」

「ううん……だいぶ、楽になった……。でも、本当に殺されるのと同じくらい、痛かったような気がする……」

無理に微笑を浮かべて、真菜は答える。その声には、甘えがまじっていた。

「よく、耐えたな。偉いぞ」

愛《いと》しさがこみ上げてきて、竜之介は思わず、くちづけをする。

真菜も、情熱的に舌を絡《から》めてきた。彼女の吹きこむ息は、火のように熱い。

娘の髪を撫でながら、竜之介は濃厚な接吻《せっぷん》を交わす。

しばらくして唇を離すと、竜之介は、くいっと腰を動かしてみた。

「あ……っ」

小麦色の娘は、小さな叫び声をあげる。

「痛かったか」

竜之介は訊《き》いた。いきなり動かしたのは、事前に真菜に警告をすると、かえって軀が緊張して痛みに敏感になってしまう──と思ったからだ。

「大丈夫……ちょっと、あれだけど……我慢できないほどじゃないよ」

「そうか。では、少しずつ動くから、辛《つら》くなったら、いつでも言うのだぞ」

「竜之介はやさしいな」真菜は言う。

「何をしてもいいぞ。好きなようにして」


好きなようにして──と真菜は言った。

大事な処女を捧げた男を、真菜は、無限の信頼と愛情をこめた瞳で見つめる。

その双眸《そうぼう》は、涙に潤《うる》んでいた。

「愛《う》い奴……」

松平竜之介は、娘の左右の瞼《まぶた》にくちづけをすると、腰の律動《りつどう》を開始した。

長さも太さも常人の倍以上ある雄物《ゆうぶつ》を、ゆっくりと後退させ、柔らかく前進させる。

「ん……んふぅ……」

真菜は目を閉じて、わずかに開いた唇から、かすかに喘《あえ》ぎ声を洩《も》らしていた。ひくひくと小刻《きざ》みに動く小鼻の脇には、汗が溜《た》まっている。

「大丈夫か、真菜」

竜之介が声をかけると、

「平気、だよ……あんまり、痛くない」

うっすらと目を開けて、野生の娘は答えた。バランス良く綺麗に並んだ歯は真っ白で、小麦色の肌とは対照的である。

「それより、何だか……秘女子全体が熱くて……足の裏をくすぐられた時みたいな、変な感じ……」

破華の直後だというのに、真菜は、悦楽《えつらく》の片鱗《へんりん》を感じているらしい。

前にも述べたことだが、江戸時代の庶民階級の娘は、十三歳から十八歳を結婚適齢期としていた。

平均寿命が短い上に、乳幼児の死亡率が高かったので、なるべく早く結婚し、なるべく沢山の赤ん坊を生む必要があったからだ。

真菜は十八だから、一般的にいっても結婚や出産をしてもおかしくない年齢であった。しかも、動物性蛋白質《たんぱく》を多く摂《と》り、野山を駆けまわって育ったせいで、余計に肉体が発達していたのである。

しかも、その相手は、色後家《いろごけ》のお路に、こってりと閨《ねや》の業《わざ》を教えこまれて免許皆伝《かいでん》となった松平竜之介だ。

元々、武芸十八般《ぶげいじゆうはっぱん》の達人で、筋力も反射神経も持久力も、抜群の若者である。一度《たび》、女体《にょたい》攻略の骨通を知るや、百戦錬磨《れんま》の女蕩《たら》しも顔負けの凄腕《すごうで》となった。

健康美の極致《きょくち》のような真菜の肉体を、竜之介が巧みなテクニックで愛したので、早くも彼女の内部で、悦楽の炎が煌《きら》めきながら燃え上がったのである。

「可愛い娘だ」

竜之介は、改めて真菜を抱き締めると、ぐっ…ぐっ…ぐっ……と突き上げた。

「んあっ……んんっ……んあァァっ……」

真菜の方も、男の広い背中に腕をまわして、力いっぱいしがみつくと、甘ったるい呻《うめ》きをあげる。両足も、自然と男の腰に絡《から》めていた。

(女というのが、こんなにも可愛い生きものだったとは。あの高慢《こうまん》な桜姫も、初夜が無事に進行していたら、このような甘い媚態《びたい》を見せていたのだろうか)

そんな風に考えた竜之介であったが、すぐに頭を振って、取り消した。

（いやいや、あんな我儘《わがまま》姫のことなど、思い出している場合ではない。今は、この娘に、たっぷりと媾合《こうごう》の楽しみを教えてやることだ）

竜之介は、そっと軀《からだ》を起こした。

真菜が、何か小動物のように、両手両足で彼の肉体にしっかりとしがみついているので、その作業はスムーズに進行する。

竜之介は胡座《あぐら》をかき、真菜は、その膝の上に跨《また》がった格好《かっこう》であった。

つまり、〈座位《ざい》〉の形で交わっているのだ。

「真菜よ、これからが本番であるぞ」

松平竜之介は、真菜と座位で交わっていた。

胡座をかいた竜之介の膝の上に、娘が跨がり、男の頸部《けいぶ》に両腕をまわしている。

無論、二人とも全裸だ。

袖《そで》無しで裾短《すそみじか》な着物で、野山を駆けまわっている真菜は、顔と腕と足が小麦色に日焼けしている。だが、陽《ひ》にあたらない胴体や臀《しり》は、雪のように真っ白で、その対比が鮮やかだ。

猟師《りょうし》小屋は、窓を開け放してあるので、涼しい風が外から吹きこんでくる。それでも、初めての媾合《こうごう》で肉体の内側から燃えている娘の肌は、しっとりと汗で湿っていた。

胸筋が発達しているので、真菜の乳房は小ぶりだが、椀を伏せたように形が良い。勃起した乳頭は、紅色をしている。

竜之介は、右の乳房を、下から掬《すく》うようにして摑《つか》んだ。

柔らかく揉《も》みながら、背中を丸めて左の乳首を吸う。

「あ……ん…ふふ、赤ん坊みたい……」

真菜は頬《ほお》を緩《ゆる》めた。

「くすぐったいのか」

「うん。くすぐったいけど……でも、気持ちいいような気もする」

「今に、もっと気持ち良くなるぞ」

そう言って、竜之介は乳房を吸いながら、リズミカルに腰を揺すった。

長いストロークで、花孔の奥の院まで突き当たるのではなく、男根と肉襞《にくひだ》を小刻《きざ》みに摩擦《まさつ》したのである。

「あっ、あっあっ…あんっ、あぁァん………っ！」

真菜は、短く忙《せわ》しない喘《あえ》ぎを洩《も》らす。

竜之介は、二つの乳房を交互に吸いながら、波状攻撃を続けた。

たちまち、娘の肌は朱《しゅ》を刷《は》いたように紅潮し、花孔の奥から大量の愛汁《あいじゅう》が分泌されて、結合部から滴《したた》り落ちる。

「真菜、自ら臀を振ってみるがよい」

「う、うん……」

男の首にすがりつきながら、真菜は、恐る恐る臀を上下に動かした。

竜之介が正常位から座位に移行したのは、二つの理由からであった。

一つは、真菜に必要以上に彼の体重をかけないため。もう一つは、真菜が自分で刺激の強弱を調整できるようにするためだ。

初交の時から快感を感じるほど肉体的に成熟しているのなら、自分で自由に腰を動かした方が、女としての開花が早いはず——と竜之介は考えたのである。

たった一夜、色後家・お路の女体攻略教室を受講しただけで、かくも鋭い洞察力を備えたのだから、松平竜之介、やはり、只者《ただもの》ではない。

生まれつき、女殺しの才能があったのであろう。

勿論《もちろん》、ただの無能無害な若者ではなく、武芸十八般を極めていたことが、閨《ねや》の業《わざ》を使いこなすのに、大いにプラスだったのは、言うまでもない。

真菜が、自分のリズムで臀を動かして悦楽曲線を上昇させてゆくと、竜之介は、その丸い双丘を鷲掴《わしづか》みにした。弾力のある臀肉を掴み、真下から激しく突き上げる。

自分のリズムを破られて、一方的に攻撃された真菜は、強烈な火の玉が尾骨《びこつ》から頭へと駆け昇ってくるのを感じた。

「やだっ、駄目になるゥゥゥ……ウっ！」

男の分厚い肩に嚙《か》みつきながら、娘は、生まれて初めて、悦楽の頂点を知った。

同時に、竜之介も、白濁した聖液を若々しい美肉の奥へ、したたかに放つ。

若殿浪人の松平竜之介は、虎ケ岳の猟師《りょうし》小屋で一人で暮らしている真菜を、色《いろ》後家《ごけ》ゆずりのテクニックを駆使《くし》して、女にしてやった。

初体験でSEXの歓《よろこ》びを知った真菜は、若さにまかせて貪欲《どんよく》に竜之介を求めた。野山を駆けまわって育った野生の娘だけに、その肉体は年齢以上に成熟していた。

姦《や》れば姦るほど、若殿の巨根をぶちこまれればぶちこまれるほど、娘の感度は良くなってゆく。結局、その日の午後だけで、三度も交わった……。

二人は抱き合ったまま、一寝入《ひと》りして、陽も暮れた頃に目を覚ます。真菜が作った兎《うさぎ》汁を飽食《ほうしょく》した竜之介は、莫蓙《ござ》の上に手枕で横になった。着流し姿だ。

鳳藩の領内では、よく鹿《しか》狩りや猪《いのしし》狩りをした竜之介であるから、獣肉《じゅうにく》には何の抵抗もないし、野趣あふれる肉料理を胃袋に詰めこむと、真菜との肉弾戦で失った体力が、急速に回復してゆくのを感じる。

これに比べれば、鳳城の調理係が用意していた料理は淡泊《たんぱく》すぎて、まるで鳥の餌《えさ》だ。

「ねえ、竜之介様ァ……」

食器の後始末を終えた真菜は、若殿にもたれかかる。

ようやく、敬称を使うことを覚えた、野生の娘であった。

「どうした、真菜」

「わかってるくせに……しようよ」

「ほほう、何をするのかな」

「意地悪っ」

娘は、竜之介の首にかじりつくと、その耳を軽く噛《か》んだ。

「これこれ。わしの耳は、食物ではないぞ」

「いっそ食べちゃいたい、何もかも！」

真菜は、竜之介の頬《ほお》や顎《あご》や首に、狂ったように接吻《せっぷん》の雨を降らせる。

「竜之介様、好き！　竜之介様のお珍…あれも好きっ！　竜之介様に可愛がって貰《もら》うのが、大好きっ！」

「何だ、お珍々様とは言わんのか」

「いやだよ、そんなの」

真菜は頬を赧《あか》らめて、そっぽを向いた。

滝浴みの時には、男の前で平気で女性器の中に指を入れて洗ったり小用《こよう》を足したりしたくせに、真菜は今はやけに、しおらしくなっている。

やはり、竜之介に抱かれて本物の女になり、官能の歓《よろこ》びに目覚めたのと同時に、自然と、年ごろの娘らしい羞恥《しゅうち》心も生まれたのであろう。

「おかしいな。さっきまでは、うるさいほどに卑猥《ひわい》な言葉を乱発していたではないか。それに、滝浴みの時には……」

「あっ、言っちゃやだっ」

真菜は、若殿の唇を自分のそれで塞《ふさ》いだ。男の口の中に舌を入れて、熱っぽく掻《か》きまわす。

　竜之介もそれに応えて、舌を絡《から》めながら、左手で娘の胸乳《むなぢ》を着物の上から摑《つか》んだ。

「ん……もう、我慢できない……してぇ」

「よし」竜之介は軀《からだ》を起こして、

「それでは、そこに四《よ》つん這《ば》いになって、臀《しり》を高く持ち上げるのだ」

「え……」

　真菜はたじろいだ。着物は極端に裾短だし、下着をつけていないのである。

「そんなことしたら……何もかもみんな、竜之介様に見えちゃうよ」

「わしの命令がきけぬのか」と竜之介。

「悪い娘だ。罰として、臀の肉を両手で摑んで、広げることを命ずる。早くしないと、今夜は抱いてやらぬぞ」

「もう……竜之介様って、ほんとに意地悪なんだからァ」

　口でそう言いながらも、野生の娘・真菜は、命じられた通りに、いそいそと茣《ご》蓙《ざ》の上に四ん這いになった。

着物の裾《すそ》が非常に短いから、それだけで、臀の半分が露出してしまう。

囲炉裏《いろり》の火と油皿の灯《ともしび》に照らし出された真菜の臀は真っ白で、はち切れそうなほど丸く張りつめている。

臀の双丘《そうきゅう》が盛り上がっているから、背後の排泄孔《はいせつこう》は、まったく見えなかった。ただ、割れ目の下から、肉の花弁《かべん》がほんの少しだけ顔をのぞかせているのが愛らしい。

「次はどうした」

松平竜之介は、娘の背後に、どっかりと胡座《あぐら》をかいて、若さのみなぎる魅力的な臀部を眺めていた。

「どうしても？」と真菜。

「うむ。どうしても、だ」

「ひどい……嫌いになってやるからっ」

憎まれ口を叩きながらも、真菜は、両手を臀の双丘にあてがった。両側に引っ張る。

臀の割れ目が開いて、その奥底に隠されていた後門が、丸見えになった。

直径はごく小さいが、放射状の皺《しわ》がある。周囲の肌よりも、赤みを帯びていた。

同時に、割れ目の下にあった花園も、後門の方へ引っ張られる形で露出していた。桜色をした美しい女性器である。

「見ないで、見ちゃいやだ……」

羞恥に頬《ほお》を染めて、真菜は懇願《こんがん》する。

女陰を露出し小水《しょうすい》を排出する様まで平気で見せた生まれっ放しのような娘と、同一人物とは思えないほど色っぽい。

竜之介が、そうしろと細かく教えたわけではなかった。

SEXを知ったことで、彼女の内部に秘められていた羞恥心が、自然と表面に滲《にじ》み出してきたのであろう。

「見てはいかんのか。では、こうするのはよいのだな――」

竜之介は、真菜の臀に顔を近づけると、背後の排泄孔に唇を押しあてた。

「ひっ⁉」

驚きのあまり、娘は、びくんっと全身を震《ふる》わせ、這《は》って逃げようとする。

が、竜之介は真菜の臀を両手でつかんで、

「逃げるのはおかしいぞ、真菜。抱いてくれとせがんだのは、お前ではないか」

からかうような調子で言う。その息が後門を微妙にくすぐるので、娘は喘《あえ》いだ。

「だ…だってぇ……そんなとこ、舐《な》めるなんて思わなかったもの」

「真菜は、わしの魔羅《まら》を舐めるのは厭《いや》か」

「ううん、厭じゃないよ。竜之介様が愛《いと》しいから、躯のどこでも舐めるの好きだよ」

「嬉しいことを言ってくれる。わしも同じなのだ。真菜を可愛いと思うから、臀の孔《あな》でも舐められる」

「でも……羞《はず》かしい。死にそうなくらい、羞かしいよ」

「男とは勝手な生きものでな。惚《ほ》れた女が羞かしがると、一層、愛しくなるのだ」

「変なのォ………あっ」

真菜は唇を卵型に開いて、短い悲鳴をあげた。若殿の舌が放射状の皺の一本一本を、丁寧《ていねい》に舐め始めたからである。

十八万石の大名の嫡男が、猟師の娘の排泄孔を、愛しそうに舐める――常識では考えられない行為であった。

「あふ……ちょうだい、あれを、ちょうだい」

堪《たま》らずに、真菜は叫んだ。

「何が欲しい、はっきりと言うのだ」

「お珍…お珍々様よ！　でっかいお珍々っ！」

松平竜之介は、真菜の後門から唇を離すと、上体を起こした。

四《よ》つん這《ば》いになっている真菜の若々しく張りつめた白い臀《しり》を左手で押さえると、右手で屹立《きつりつ》した巨根を摑《つか》む。

柿の実のように丸々と膨《ふく》れ上がった玉冠部を、真菜の花園にあてがった。

そこは、竜之介が臀の孔に舌で施《ほどこ》した愛撫《あいぶ》のために、大量の愛汁《あいじゅう》が滴《したた》っている。

「ゆくぞ、真菜」

「こ…こんな、犬みたいな格好《かっこう》でぇ？」

真菜は、肩ごしに振り向いて、不安そうな表情を見せた。

「同じことを、前に、わしも訊《き》いたぞ。人間が考えることは、誰も一緒だな」

突撃態勢の若殿は微笑して、

「案ずるな。前からいたすのと違って、格別の味わいがあるものだ。それ——」

ずぷぷっ……と黒光りする男根を、新鮮な女陰に突き刺した。

「はぅっ」

真菜は、月に吠《ほ》える狼《おおかみ》のように、背中を弓なりに反《そ》らせた。

竜之介の凶器は、根元まで深々と女壺《にょつぼ》に挿入されている。

「いっぱい……竜之介様が…竜之介様のお珍々様が……あたしの中に、いっぱい入ってるぅ……」

「どうじゃ。少し、感じが違わぬか」

「な、何か……きつくなってるみたい……」

女性の膣口から子宮口までの陰道《いんどう》は、ゆるい上昇カーヴを描いている。このカーヴは、正常位で結合した時に、最も男根と密着する構造になっているのだ。

したがって、後背位《こうはいい》で男根を花孔に挿入すると、正常位の時の密着とは違う部分が、擦《こす》れ合うことになる。

しかも、花孔のカーブに逆らった挿入だから、それだけ圧迫感が生じて、きつく感じるのである——という説明を、もっと嚙《か》み砕《くだ》いた表現で、竜之介は娘に伝えた。

「よくわからんけど……お臀全体が、じんじん鳴ってるような気がする……」

「今に、頭の天辺《てっぺん》まで鳴り出すであろうよ」

竜之介は、静かに律動《りつどう》を開始した。

野生の娘の健康的で甘美《かんび》な締めつけを十分に楽しみながら、大きなストロークで巨砲を抜き差しする。

秘蜜《ひみつ》に濡れた雄根の茎部《けいぶ》が、囲炉裏《いろり》の火に照らされて、ぬらぬらと光っていた。臀を両手で掴んで抽送《ちゅうそう》運動を行なっていると、男根の動きに同調して、赤みを帯びた後門が開いたり窄《すぼ》まったりする様が、可愛い。まるで、腔腸《こうちょう》動物の口のようだ。

「はふ…はふ……深い……深いよ、竜之介様っ」

「深いのはいやか、真菜」

「ううん……いいの、深いのが凄《すご》くいい…」

「どこに深く入っておるのだ。言うてみい」

「ひ……秘女子よ、真菜の秘女子っ」

絞り出すような声で、真菜は言った。

「そうか。わしの魔羅が、お前の秘女子を征服しておるのだな」

「そう、そうだよ……あたしは、竜之介様に征服された牝犬《めすいぬ》なの。もっともっと、手荒く扱ってくれよ。本当の牝犬みたいにイっ」

「では、こうか」

竜之介は、ぴしゃりっ、と臀の右丘に平手打ちをくれた。臀全体が、ぷるるんと震《ふる》える。

「きゃうっ……堪忍《かんにん》して、竜之介様」

「容赦《ようしゃ》せぬ、突いて突いて、突き殺してくれるわ」

真菜の希望に合わせて、芝居がかった口調で言った竜之介は、両手で娘の臀を引きつけた。

そして、嵐のように激しい責めで、四ん這いの真菜を絶頂に導いてゆく……。


「――真菜、見つけたぞ。獣道《けものみち》だ」

松平竜之介は足を止めて、猟師《りょうし》姿の娘に、囁《ささや》きかける。

地面には何かに踏みしだかれた跡が続いているのに、人間の背丈《せたけ》の枝が折れていない場合、それは、動物の通り道なのである。これを、獣道と呼ぶ。

真菜と出会ってから三日後――虎ケ岳の奥深くに分け入った竜之介は、その獣道を見つけたのであった。

「熊《くま》の通り道に違いない」

――松平竜之介と真菜は、三日間、ほとんど猟師小屋に閉じこもりきりであった。竜之介は、精力の続く限り真菜の若々しい肉体を突いて突いて突きまくって、その肉襞《にくひだ》の隅々までも味わった。

若殿に処女華を捧《ささ》げた野生の娘もまた、身をよじり臀《しり》を振り、若殿の背中を掻《か》きむしり、その肩に噛《か》みついて、喉《のど》の奥から歓喜の悲鳴を迸《ほとばし》らせ、体液の最後の一滴までも絞り尽くすほど、燃え狂った。

ＳＥＸの歓びを知った真菜の飽くなき欲情は、竜之介以外の男であれば、過労死するのではないか――と思われるほどであった。

さすがの竜之介も、三日目ともなると、別の筋肉を動かしたくなった。

それで、真菜とともに、熊狩りに出たのである……。

「違う、違う」

小麦色の肌をした真菜は、くくく……と笑った。

「それは、鹿《しか》の道だよ」

鳳藩の領内の山々を駆けめぐって狩りをした竜之介であったが、やはり、本職の猟師にはかなわないようだ。

「熊の道、鹿の道、狐《きつね》の道、兎《うさぎ》の道……獣道みんな違うんだ」

「お前は、区別がつくのだな」

「お父が教えてくれたから……」

「良い父上であったな」

「うん」

嬉しそうにうなずいた真菜の、竜之介を見つめる瞳に思慕《しぼ》の輝きが宿り、それが、ますます強くなる。

「鹿なら、オレ…いや、あたし一人でも獲《と》れる。熊を捜そう」

二人は再び、歩き始めた。

真菜は、袖《そで》無しの裾短《すそみじか》な着物に、革帯《かわおび》を締めて、手甲脚絆《てっこうきゃはん》をつけている。手に弓を持ち、背中には矢筒《づつ》を背負い、腰には山刀を差していた。額《ひたい》には、汗止めの布を巻いている。

竜之介の方は、腰に脇差だけを帯びて、左手には熊槍《やり》を持っていた。真菜の父親の遺品であった。

いかに真菜が山野を駆け巡って育った自然児で、並の男に負けないほどの筋力があるといっても、熊狩りを一人でやることは不可能だという。

それを聞いた竜之介は、父親の代役を買って出たのである。

熊の胆《きも》や皮は高く売れるから、真菜の暮らしの足しになるだろう。

だが、それ以上に、亡き父親にかわって、熊を獲る男の姿を真菜に見せてやりたい――それが竜之介の考えであった。

「っ！」

先頭の真菜が足を止めて、片手で竜之介を制し、しゃがみこんだ。

竜之介が、そっと肩ごしに覗きこむと、黒褐色《かっしょく》の糞《ふん》が転がっているのが見えた。

「まだ、新しい……」

真菜の顔が蒼《あお》ざめた。

ぱっと振り向いて、風下の方を見る。

その繁みの中から、凄《すさ》まじい咆哮《ほうこう》とともに、巨大な月《つき》の輪熊《わぐま》が飛び出してきた。

「危ないっ」

松平竜之介は真菜に飛びついた。

倒れた二人の頭上を、熊の右腕のパンチが、ぶぅーんと唸《うな》りをあげて通り過ぎる。

体重百キロを優に超える、巨大な月の輪熊だ。その一撃は、馬の首も叩き折るだろう。

人間の頭に命中したら、地面に落した西瓜《すいか》のように、ぐしゃぐしゃに割れてしまうはずだ。

この熊は、人間が自分を追跡しているのを知って、逆に風下の繁みに隠れ、待ち伏せしていたのである。

あまりにも間近から出現したので、真菜の弓はおろか、竜之介の熊槍も構える余裕がなかった。

それで、竜之介は、とっさに娘に飛びついて、熊の一撃を躱《かわ》したのだ。

倒れた二人は、そのまま抱き合う形で山の斜面を転げ落ちる。灌木《かんぼく》をへし折りながら、沢まで落ちて、ようやく、止まった。

「大事ないか、真菜っ」

「う……うん」

「よしっ、立て！」

竜之介は、熊槍を杖《つえ》にして立ち上がりながら、真菜を引き起こした。

二人とも、槍や弓を放していないのは、さすがである。全身、打ち身と擦《す》り傷だらけだが、そんなことにかまってはいられない。

斜面を、どどどど――っと熊が駆け降りてきたのだ。二人は、沢の河原に離れて立ち、各々《おのおの》の得物《えもの》を構えた。

鉄砲ならいざ知らず、弓で熊を射殺することは難しい。だから、真菜の役目は熊を牽制《けんせい》することであった。

熊が、手近にいる竜之介の方へ走ってくると、びゅんっと弦《げん》が鳴って、真菜の矢が熊の肩に突き刺さる。無論、それは致命傷にも深手《ふかで》にもならない。

うるさそうに軀《からだ》を揺すると、熊は激怒して、後肢《こうし》で立ち上がった。前肢を上げて、山々に響くほどに咆哮《ほうこう》する。

それが、竜之介の待っていたチャンスであった。熊が立ち上がったことで、急所の胸が丸見えになったのである。

「えいっ」

竜之介は迷わずに、その胸元に飛びこんだ。熊槍の三十センチ近い穂先を、左胸に突き入れる。

一瞬でもタイミングが遅れたら、熊に殴り殺されていただろう。

分厚い筋肉層を抜けて、肋骨《ろっこつ》の間をかいくぐった穂先は、熊の心臓を破壊した。

「…………っ！」

三度《たび》、月の輪熊は吠えた。

それから、仰向《あおむ》けに倒れる。口から血の泡を吹いて、偉大なる野獣は絶滅した。

勝負は一瞬であった。

人間と熊の間に、長時間の死闘はありえない。体力、攻撃力、防御力で圧倒的に劣る人間は、武器を使って熊の急所を攻撃するしかないが、最初の一撃を外せば、殺されるのは人間の方なのだ。

熊の死を確認した真菜は、ぎらぎら光る目で竜之介を見つめると、矢筒や山刀を捨てて、彼に武者ぶりついてきた。

「抱いて！　竜之介様、抱いてっ」

狂ったように、唇を求めてくる。

竜之介もまた、全身の血が滾《たぎ》るような激情に突き上げられて、真菜を裸に剝《む》いた。

そして、河原の砂地に押し倒した十八娘の桜色の花唇に、猛《たけ》り立った黒い巨砲を一気にねじこむ。

生死の瀬戸際《ぎわ》から間一髪《かんいっぱつ》で生還した興奮が、二人の肉体を燃え上がらせていた。子宮を突き破らんばかりに鬼のように突きまくる竜之介の責めを受けて、真菜は、動物的とすらいえる喜悦《きえつ》の声をあげた……。

松平竜之介と野生の娘・真菜が協力して、巨大な月の輪熊を仕留めた翌日の朝

――与市という男が、塩や味噌《みそ》などを持って虎ケ岳の猟師《りょうし》小屋を訪れた。与市は、金谷宿にある獣肉屋《ももんじ》――肉料理店の奉公人で、がっしりとした軀《からだ》つきの二十代半ばの男である。

小屋に武士が同居しているのに驚き、真菜が熊を仕留《しと》めたと知って、与市はさらに驚いた。

真菜は、自分で熊を解体して、熊の胆《きも》を取出し、父親から教えられた秘伝の製法で、それを乾燥させている最中だった。

熊の胆――すなわち胆嚢《たんのう》は、万能薬として珍重されている。「胆一匁《もんめ》、金一匁」といわれ、同じ重さの金と交換されるというほど、価値が高い。

皮剝《は》ぎと肉の切り分けも、真菜が上手に行なった。肉は、貯蔵食料として味噌漬けする分だけを取り、残りを全部、獣肉屋に売るのである。

与市は竜之介の素性《すじょう》を詮索《せんさく》したりはせず、熊肉や毛皮を受け取ると、真菜に代金を払った。そして、「十日後に、熊の胆を取りに来ますから」と言って、山を降りて行った。

黙って与市の様子を見ていた竜之介は、昼食が済むと、「滝浴みに行かぬか」と真菜を誘う。真菜は無論、喜んで賛成した。

竜之介たちは、二人が初めて出会った滝へゆくと、全裸になって、水浴びをする。

真菜は当然のように、仁王立ちの竜之介の前に蹲《うずくま》ると、その男根を頬張《ほおば》った。

野生の娘の濃厚な愛撫《あいぶ》を受けて、それは、すぐに勃起した。

「んぐ……む……美味《おい》しい……竜之介様のお珍々様、美味しいよう」

そそり立つ巨砲を舐《な》めしゃぶりながら、真菜は、お菓子を与えられた幼児のように呟《つぶや》く。

竜之介は、その顔を撫《な》でながら、

「真菜は、与市のことをどう思う」

「ん？　死んだお父が、あれは信用できる男だと言っていたよ。オレ…じゃなかった、あたしもそう思うな」

巨砲の下の玉袋にまで舌を這《は》わせながら、真菜は言った。

「でも、それがどうしたの」

「あの男は、お前に惚《ほ》れておる。今まで、気づかなかったのか」

「……………」

「昨日の熊狩りでわかったであろう。一人では獲《と》れぬ熊も、二人でなら獲れる。

女一人で山の小屋に住むのは、限界があるぞ。病気にでもなったら、何とする。あの男と夫婦《めおと》になるのだ、真菜」

「………」

真菜は無言で、剛根の茎部《けいぶ》に頬ずりする。

「熊の胆を取りに来た時、与市に話してみろ。お前が猟師を辞めて麓《ふもと》へ降りるか、与市が獣肉屋から暇を貰《もら》って、お前の小屋に住むか――それは二人で話し合って決めればいい」

「……そうだな。お父も死ぬ時、これからのことは与市に相談しろって言ってたんだ」

「父上も、そのつもりだったのだな」

「うん……竜之介様、出て行くんだね」

「明日、街道へ降りるつもりだ。世話になったな、真菜」

「だったら、たんと可愛がって！　あたしの秘女子が滅茶苦茶になるまで、ぶっといお珍々様で抉《えぐ》ってぇ！」

「よし、満足させてやろうぞ」

全裸の真菜を巨岩に抱きつかせると、竜之介は、その臀《しり》をかかえて背後から貫く。窄《すぼ》まった可愛い臀の孔《あな》を指先で弄《もてあそ》びながら、竜之介は、力強く真菜の花孔を犯《おか》した。

野生の娘の唇から迸《ほとばし》る歔欷《きょき》の悲鳴は、新緑の山々に幾重《いくえ》にも谺《こだま》するのだった

――。

第四章　仇討《あだう》ち美姉妹

「ん？」

若殿浪人の松平竜之介《まつだいらたつのすけ》は、ぴたりと足を止めて、編笠《あみがさ》の端を上げた。

初夏の夕方近く——東海道《とうかい》は藤枝《ふじえだ》宿の手前、葉梨《はなし》川に架かる土《ど》橋の手前だった。

橋の袂《たもと》から少し離れた松の木の根元に、旅姿をした二人の武家娘が、しゃがみこんでいる。

どうも、姉妹のようだ。腹部を押さえて軀《からだ》を二つに折った姉らしい娘の背中を、妹らしい娘が撫《な》でている。

(以前にも、こんな場面があったな……)

我儘《わがまま》な桜《さくら》姫との初夜に失敗した竜之介は、鳳《おおとり》城から家出した初日に、女道《どう》中師《ちゅうし》・お紋《もん》の仮病《けびょう》に騙《だま》されて、無理矢理に童貞を奪われたあげく、まんまと所持金などを持ち逃げされたのである。

（また同じ手口ではないのか……いや、しかし……武士として、困っている女人《にょにん》を見過ごしにはできん）

着流し姿の竜之介は、つかつかと二人に近づいた。

妹らしい娘の方が、ぱっと顔を上げて警戒する顔で竜之介を見る。勝気《かちき》そうだが、なかなかに美しい娘であった。

「――急病とお見受けしたが」

編笠を取りながら、竜之介は訊《き》く。

その凛々《りり》しい面貌《めんぼう》に、娘は思わず、目を伏せた。頬《ほお》が、うっすらと紅潮している。

「は、はい……差しこみがひどうございまして、生憎《あいにく》、薬も切らしております」

「ご安心なさい。わしが熊《くま》の胆《きも》をお分けしよう。熊の胆には偽物《にせもの》が多いというが、これは、虎ケ岳《とらがだけ》の猟師《りょうし》に貰《もら》った正真正銘の本物じゃ」

竜之介は、金谷《かなや》宿で買った印籠《いんろう》の中から、黒い丸薬を取り出した。

今日の早朝――竜之介は、野生の娘・真菜《まな》に送られて山を降り、身延《みのぶ》道に出た。

その時、餞別《せんべつ》に貰ったのが、真菜の亡父が作った熊の胆だったのである。

「でも、見知らぬ方から、そのように高価な物をいただくわけには……」

娘はためらった。姉らしい娘の方は、額《ひたい》に冷たい脂汗《あぶら》を浮かべて口もきけない様子である。

「わしの名は、松平…いや、松浦《まつうら》竜之介という。そなたの名は？」

「多岐川優真《たきがわゆま》と申します。これは、姉の優花《ゆか》でございます」

「優真殿に優花殿か、よい名だ。——これでわしらは知り合いじゃな」

にっこり笑って、竜之介は丸薬を姉の優花の口元に差し出した。その口の中に、そっと押しこむ。

妹の優真が、あわてて、水筒の水を飲ませた。姉が熊の胆を嚥下《えんげ》すると、手拭《ぬぐ》いで額の汗をふいてやる。

「女人だけの道中とは珍しいが、東海道を上るのか、下るのか、どちらかな」

「我ら姉妹……藤枝宿に、大事な用がございます」

眉《まゆ》を引き締め、真剣な顔で優真は言う。

「——仇討ちじゃな」

優真は、はっと息を呑んだ。

「事情は後ほど聞こう」と竜之介。

「いや、言いたくなければ、それも良し、だが、日も暮れかかっているのに、いつまでも、こんな木の根元にはおられぬ、さあ、わしの背におぶさるがよい」

「そのようなことまでしていただいては……」

「武士は相身互《あいみたが》いじゃ。いや、武家の者であろうがなかろうが、病気の女人を助けるは男として当然であろう」

竜之介は、さっさと優花という娘を背負い、立ち上がった。

「申し訳ございません……」

蚊《か》の泣くような細い声で、姉娘は詫《わ》びる。

「何の、羽毛の如《ごと》き軽さですぞ。ははは」

優花を揺すり上げて、竜之介は歩き出した。

その臀《しり》はまろやかである。すでに、女性として肉体が熟れていることが察せられた。


「松浦様には、お礼の申し上げようもございません。この通りでございます」

多岐川優真は、松平竜之介に向かって、両手をついた。

東海道で二十二番目の宿駅〈藤枝〉の、旅籠《はたご》〈木島屋《きじま》〉の一室である。

駿河《するが》国志太《しだ》郡藤枝——人口は四千四百人以上、戸数は千六十軒。旅籠数は三十

七軒。田中《たなか》藩四万石・本多豊前守《ほんだぶぜんのかみ》の城下町だ。

土橋の袂で、腹痛に苦しむ多岐川優花に出会った竜之介は、彼女に熊の胆を与え、さらに背負ってこの旅籠まで運んでやった。

二間《ふたま》の続き部屋をとり、その奥の座敷に優花を寝かせて、宿場の医者を呼んだのである。

医者の見立てでは、腹痛は疲労の蓄積《ちくせき》と極度の緊張が引き起こしたものだという。

そして、「ゆっくり休むのが一番」という、安心できるというか、わりといい加減な指示をして帰って行った。

無論、宿泊費の前払いや医者への支払いは、竜之介が負担した。

「──お手をお上げなさい」と竜之介。

「名字《みょうじ》で呼ばれるのは、いかにも他人行儀。竜之介とお呼びくだされ、優真殿」

「はい……た…竜之介様」

勝気な顔立ちをしているくせに、優真は、もじもじしながら羞《はず》かしそうに言う。

年齢は十八歳。姉の優花は、十九だそうだ。

「では、事情を話して貰《もら》えますかな」

「お聞きくださいませ。実は——」

竜之介の推測どおり、多岐川姉妹は仇討《あだう》ちのために、藤枝宿へ来たのだった。

神北《かみきた》藩の書物方《かきものがた》同心であった多岐川寒兵衛《かんべえ》には、娘が二人だけで息子がいなかった。

それで、二年前に、十七歳の姉娘の優花に参右衛門《さんえもん》という入《い》り婿《むこ》をとり、自分は隠居して彼に多岐川家を継がせたのである。

ところが、今年の正月——多岐川参右衛門は、酒席で同輩の井草《いぐさ》蔵之輔《くらのすけ》という者と口論になり、帰り道で斬《き》り殺された。

参右衛門を斬ったその足で、井草蔵之輔は出奔《しゅっぽん》した。藩領から逃げ出したのだ。

武家社会の掟《おきて》として、参右衛門の仇敵《かたき》を討たねば、多岐川家は潰《つぶ》される。そして、仇討ちの資格があるのは、死者よりも目下《めした》の者のみであった。

そのため、未亡人の優花と義妹の優真が、仇討ちの旅に出発した。

介添《かいぞ》え役として、寒兵衛の弟——つまり、姉妹の叔父《おじ》にあたる多岐川兼三郎《けんざぶろう》が、同行することになった。

「ところが、その叔父が……わたくし達に、しきりと……その……」

「良からぬ振る舞いを致したのだな」

「はい」優真は、悔《くや》しそうにうなずく。

「最初は、酌《しゃく》をしろと言うくらいでしたが……手や軀《からだ》に触れるようになり、大胆にも、酔った振りをして姉やわたくしの夜具の中に入ってこようとしたこともありました」

「それはけしからん」

「井草蔵之輔は、抜刀《ばっとう》術の達人。われら姉妹だけでは、到底、かなう相手ではございません。叔父の助けなくては仇が討てぬと、ひたすら我慢してまいりましたが……先月、姉が林の中で用足しをしようとした時…あっ」

優真は、両手で頬《ほお》を押さえて真っ赤になる。

「その……そこを叔父が……襲ったのでございます。何しろ、無防備な姿勢で……」

「小用《こよう》をたすために臀《しり》を露出してしゃがんだまま、動けなかったのですな」

松平竜之介は、冷静に指摘した。

「はい」

十八歳の武家娘は、恥じらいながら言う。

「叔父の兼三郎は、姉の優花が用足しの姿勢のまま動けぬのをよいことに、背後からのしかかり……あ、あの羞《はず》かしい処に……指を入れて……弄《もてあそ》んだのでございます」

優真の話の最後の部分は、ほとんど聞き取れぬほど小さな声になってしまう。

客観的に考えれば、これほど詳細に、叔父の狼藉《ろうぜき》を描写する必要はないのだ。

しかし、不思議なことに、凜々《りり》しい美男子の竜之介に見つめられているうちに、優真は、それを意識すまいとして、逆に露骨《ろこつ》な表現を使ってしまったのである。

これもまた、複雑な乙女心の表れというものであろう。

「それで、姉上はどうなされた」

「誰かが駆けつけてきたら、困るのは姉でございます。お下《しも》を剝《む》き出しのままの姿を旅人などに見られたら、武家の女として自害せねばなりませぬ。それで、姉は、小声で叔父を制止しながら、必死で逃げようとしたのです」

「その時、優真殿は何処《いずこ》に？」

「林の奥で、湧き水を竹筒《づつ》に詰めておりました。ところが、小声で言い争うのが聞こえましたので、急いで引き返し、懐剣《かいけん》を抜いて叔父に突きかかったのでございます」

「おお、それは勇《いさ》ましい」

竜之介は微笑した。

優真が無我夢中で突きかかっていると、持て余し気味に躱《かわ》していた多岐川兼三郎は、切り通しから下の道へ落ちてしまった。

足を捻挫《ねんざ》したらしい兼三郎を残して、優花と優真の姉妹は必死で逃げたのである。兼三郎は追ってこなかった。

しかし、旅費のほとんどを兼三郎が取り上げていたので、姉妹の所持金は、ごくわずか。

それで、費用を切り詰めながら旅を続けているうちに、藤枝宿に仇敵の井草蔵之輔がいると聞き、急いで駆けつけた。

だが、途中の無理が祟《たた》って、優花が腹痛を起こしたというわけだ……。

「して、その相手は、この宿場のどこにおるのですかな」

「それが……実は、姉もわたくしも、蔵之輔の顔を知らぬのでございます。見知っているのは、叔父の兼三郎だけでした」

年齢は、三十一歳。中背で痩《や》せ型。抜刀術の達人にしては貧相《ひんそう》な顔立ちで、右眉《まゆ》の上に黒子《ほくろ》がある――姉妹が井草蔵之輔について知っているのは、これだけであった。

旅客として旅籠《はたご》に滞在しているのか、宿場の住人として働いているのか、それもわからないという。

「念のためにうかがいますが、目指す仇敵の名前は井草蔵之輔……間違いありませんな？」

「はい」

「井草……蔵之輔……いぐさ……くらのすけ……」

竜之介が中空を見据えて、ぶつぶつと呟《つぶや》く。

「あの、竜之介様」

優真が遠慮がちに言った。

「何か、その名前にお心当たりでも？」

「ん……いや」

竜之介は、ゆっくりとかぶりを振って、

「名前は偽名を使うであろうし、ひょっとすると町人に化けているかも知れぬ。これは少し、厄介《やっかい》ですな」

「ですが、竜之介様。われらは、蔵之輔を討たねば、帰る場所のない姉妹でございます。どんな方法を使っても仇討ちを……」

「わかりました」と竜之介。

「この松平……いや、松浦竜之介、微力ながら、お二人にご助力いたします。下手に騒ぎ立てて、相手に気取られては一大事。この旅籠に腰を落ち着けて、じっくりと捜すことに致しましょう。——いや、費用の点はご心配なく。そちらの方も、わしがご助力いたしますゆえ」

仇敵《かたき》の名前の中に〈さ・くら〉という部分があったことで、竜之介は助太刀《すけだち》を決意したのだった。

「た…竜之介様っ」

感激のあまり、優真が思わず竜之介の膝にすがりつこうとした時、奥の座敷に眠っている優花が寝返りをうった。

はっと身を縮めた優真は、無言のまま、熱っぽい眼差《まなざし》で若殿を見つめる。

（どうやら、姉妹ともども仲良くなってしまいそうだなあ）

竜之介は胸の中で呟《つぶや》いていた。

その日の深夜——藤枝宿の旅籠《はたご》〈木島屋〉の二間続きの手前の座敷で、若殿浪人の松平竜之介は眠っていた。

優花と優真の多岐川姉妹は、奥の座敷に寝ている。

大名の嫡子という立場からすれば、竜之介が奥で休むべきなのだが、今は家出中で身分を隠しての旅だから、仕方がない。

昼間の疲れもあって、ぐっすりと寝込んでいた竜之介であったが、

「………」

境の襖《ふすま》が開く気配に、瞬時に目を覚ました。

女道中師《どうちゅうし》のお紋に不覚をとって以来、竜之介は、常に神経の一部が覚醒《かくせい》しているのだ。

枕元には大刀と脇差が並べてあるが、それに手を伸ばす必要はなかった。

奥の座敷から、そっと出てきたのは、多岐川姉妹の姉の優花だったのである。

優花は、竜之介の足元の方を横切って、廊下へ出てゆく。

後架《こうか》かな、と竜之介は思った。

が、それから四半刻《とき》――三十分以上たっても、優花は戻らなかった。

（まさか、どこかで倒れたのではあるまいな）

竜之介が、むっくりと上体を起こした時、ひたひたと女の足音が近づいてきた。

優花の足音であった。

静かに障子《しょうじ》を開けた優花は、

「！」

有明行灯《ありあけあんどん》の明かりの中に、竜之介が起きているのを見つけて、驚く。

が、すぐに優花は一礼して、竜之介の枕元に座った。正座した竜之介は、彼女が濡れた手拭《ぬぐ》いを持っているのに気づいて、

「湯へ行かれたのか。軀《からだ》の方は大丈夫かな」

「はい、お陰さまで」と優花。

「きっと汗が冷えて、胃の腑《ふ》の障《さわ》りとなったのでございましょう。松浦様にいただいた熊《くま》の胆《きも》が、とてもよく効いたようでございます」

微笑した優花は、湯上がりの頬《ほお》が桜色に染まり、実に色っぽい。二年前に十七歳で結婚した未亡人だけあって、閨《ねや》の味を知っている女の特有の艶《つや》がある。

一つ下の妹の優真は勝気でボーイッシュな顔立ちだが、姉の優花は、おっとりした女らしい容姿であった。

「それは重畳《ちょうじょう》」

竜之介は、優真から仇討ちの事情を訊《き》いたことを優花に話して、自分が全面的

に援助協力すると告げた。

　両手をついて丁寧《ていねい》に助太刀と援助への礼を言った優花は、何かを決意した表情になり、

「松浦様。お願いがございます」

「何なりと申されよ。わしでできることであれば、女人《にょにん》に頼まれて否《いな》と言う竜之介ではない」

「それを伺《うかが》って、安堵《あんど》いたしました。わたくしを……抱いてくださいませ」

「優花殿、それは――」

「他にお礼の方法がないとはいえ、女の口から言ってはならぬことを、言ってしまいました。お聞きいただけねば……優花は、自害せねばなりません」

「そなたに死なれては、わしが困る」

　竜之介は、優花の手をとると、ひょいと引いた。

「あっ」

　小さく叫んだ未亡人の軀は、簡単に竜之介の腕の中に抱きとられる。

「悪い女性《ひと》だな、そなたは」

「え……？」

竜之介は、にやりと笑って、

「自害するなどと言って、わしを脅《おど》かした罰に、そなたを『死ぬ、死ぬ』と哭《な》かせてやるぞ。覚悟はよいか」

「まあ、怖い……」

男の腕の中で、優花は、蕩《とろ》けるような笑みを浮かべた。その目は、すでに濡れている。

竜之介が唇を重ねると、優花は、積極的に舌を差し入れてきた。二人の舌が絡《から》み合う。

「たいそう大きな胸乳《むなぢ》だな」

松平竜之介は、女の寝間着の襟《えり》を開いて、その乳房を摑《つか》んだ。たふたふと揺れるほど、豊満な乳房である。

「うふ……ん」

多岐川優花は、男の胸の中で、うっとりと目を閉じた。

神北藩の書物方《かきものがた》同心だった彼女の夫・参右衛門は、今年の正月に、同輩の井草蔵之輔に斬殺《ざんさつ》されてしまった。未亡人となった優花は、妹の優真と一緒に仇討《あだう》ち

って出た。

仇討ち旅の話を聞いた竜之介は、金銭面も含めて、多岐川姉妹への助《すけ》っ人《と》を買って出た。

それに対する謝礼として、優花は、自分の肉体を差し出したのである。

形としては、亡き夫の仇を討つために己《おの》れの操《みさお》を投げ出す貞女《ていじょ》――のはずである。が、竜之介の逞《たくま》しい腕の中に抱きとられた時には、優花は早くも甘美《かんび》な期待に息を弾《はず》ませていた。

男の味を識《し》った女が、半年以上も孤閨《こけい》を守ってきた――すなわち、独り寝を通してきたのだから、無理もないのだが。

「うむ、揉《も》み心地も悪くない」

色後家《いろごけ》のお路《みち》に鍛《きた》えられて、女体攻略術に目覚めた竜之介は、天候の話でもしているような呑気《のんき》な口調で言う。

「ああ……そのようになされては……」

「何、揉むのはいかんのか。ならば、こうしよう――」

着物の襟元《えりもと》を荒々しく押し広げると、若殿は、梅色をした乳頭を吸った。

吸いながら、舌先で乳頭の先端を撫《な》でる。

「ひゃうっ」

その強い刺激に、優花は、ぎゅっと眉《まゆ》を寄せた。

竜之介は、乳房の先端を吸いながら、女の寝間着を諸肌《もろはだ》脱ぎにさせる。

骨細の軀つきなのに、胸の量感は大したものだ。うっすらと静脈が透けて見えるのが、実にエロチックである。

竜之介は、優花の軀を自分の床に横たわらせると、その帯を解《ほど》いた。

十九歳の未亡人が、羞《はず》かしがって身を捩《よじ》るのにも構わず、腰部を覆《おお》っていた下裳《したも》までも剝《は》ぎとる。

「明かりを……明かりを消してくださいまし……」

全裸になった優花は、片手で乳房を別の手で下腹部の豊穣《ほうじょう》たる繁みを隠し、顔をそむけて哀願《あいがん》した。

が、竜之介は逆に、弱々しい光を放っている有明行灯の火を普通の行灯へと移した。座敷の中が明るくなる。

「松浦様っ、ひどいっ」

行灯に背を向けて、優花は胎児のように、横向きの格好《かっこう》で手足を縮めた。

肉づきの良い臀《しり》の割れ目の下方から、黒々とした秘毛《ひもう》がはみ出している。

「これは心外なことを言われるもの。わしは、優花殿の願いの通りにしているまでだが」

竜之介は、真っ白な臀を撫でまわす。

「わ、わたくしの願いとは……？」

「思いっ切り淫《みだ》らに扱ってほしい……優花殿の五体が、そう訴えかけている声がわしの耳に届いたのだが、はて、聞き間違いであったのか」

臀の割れ目を撫で下ろした人差し指の先が、未亡人の背後の排泄孔《はいせつこう》に触れた。

優花は、ぴくっと軀を震《ふる》わせる。

「ならば、灯《ひ》を消して、おとなしく休むことにいたそう。のう、優花殿」

「意地悪な方……」

「何と申されたな、優花殿」

「好きになすって……優花を……淫らな優花を、ご存分に嬲《なぶ》ってくださいましっ」

濡れた声で、武家の未亡人は言った。

淫らな優花をご存分に嬲ってください――という未亡人の願いを、松平竜之介は、かなえてやることにした。

煌々《こうこう》と行灯《あんどん》がともる座敷で、仁王立ちになると、全裸の多岐川優花に、

「優花殿、見るのだ。決して目を逸《そ》らしては、ならぬぞ」

そう命じて、帯を解《ほど》く。寝間着を脱いで下帯《したおび》だけの姿になった竜之介は、筋骨がバランス良く発達した逞《たくま》しい肉体であった。

優花は胎児のように身を縮めたまま、眩《まぶ》しそうに、竜之介の裸体を見つめる。膝を胸まで引きつけているので、黒い恥毛《ちもう》に飾られた花園が、丸見えになっていた。

竜之介は、白い下帯を解いて捨てた。股間《こかん》から、だらりと太い男性器が垂れている。

休止状態だというのに、普通の男性の勃起時と同じほどのサイズであった。しかも、淫水《いんすい》焼けしたかのように、黒々としている。

男根の根元からは、これも大きな布倶里《ふぐり》が、重そうに垂れ下っていた。

「あっ」

武家の妻女らしい慎《つつし》みから、優花は反射的に目を閉じて、顔をそむけた。

もっとも、自分も一糸まとわぬ姿で女性器を露出しているのだから、恥じらいも慎みもあったものではないのだが……。

「優花、目をそむけてはならぬ」

竜之介は、未亡人を呼び捨てにした。

「しっかりと、わしの姿を見るのだ。命じたことが聞けぬというなら、抱いてやらぬぞ」

「それは厭《いや》っ」優花は叫ぶように言って、

「お申しつけ通りに致しますゆえ、優花を……優花を可愛がってくださいまし」

横座りの姿勢になると、優花は、目の縁《ふち》を紅《あか》く染めながら若殿の裸身を見つめる。

無論、彼女の視線は、自然と男の股間に固定されてしまった。

竜之介は右手で、まだ柔らかいままの肉茎《にくけい》を、摑《つか》んだ。先端を斜め上に向けて、ゆっくりと摩擦《まさつ》する。

きしゅっ…きしゅっ…きしゅっ……という表皮と玉冠部のこすれ合う音が、静まりかえった深夜の座敷で、異様に大きく聞こえた。

玉袋も、それに連れて重々しく揺れる。

「凄《すご》い……何て巨《おお》きいのかしら……」

ぎらぎら光る目で、屹立《きつりつ》して体積を増した男根を凝視しつつ、優花は思わず呟《つぶや》いた。

「亡くなったご夫君のものよりも、巨きいと申すか」

丸々と膨《ふく》れ上がった玉冠部を誇示して、竜之介は問う。

「あの……夫のものは、はっきりと目にしたことはございませんが……」

目を伏せそうになった優花は、あわてて、顔を上げた。視線をそらして、竜之介に抱いて貰えなくなっては困るからだろう。

「竜之介様の……半分くらいではなかったでしょうか」

「これが欲しいか、優花」

「は、はい……松浦…いえ、竜之介様」

「では、仰向《あおむ》けになり、両膝を胸にかかえこむのだ。ちょうど、赤子の襁褓《おしめ》を換えるような格好《かっこう》にな」

すぐに優花は、命じられた格好になった。屈曲位《くっきょくい》の姿勢である。

赤みを帯びた花弁《かべん》も、菫《すみれ》色をした後門も、すべてが剝《む》き出しになってしまう。

花園は、透明な愛汁《あいじゅう》で、たっぷりと潤《うるお》っていた。

黒光りする凶器で刺し貫くと、

「……………アァっ！」

ただ一撃で、十九歳の好色未亡人は達してしまう。

同時に、奥の間から小さな呻《うめ》き声が洩《も》れた。妹の優真が、覗き見しながら自慰《じい》をしていたのだ。

(明日は、あの娘を抱くことになるのかな……)

半ば気を失ったままの優花の花孔に、ゆっくりと巨砲を突き刺しながら、竜之介は、そう思う。十九歳の未亡人の女壺《によつぼ》は、なかなかの味わいであった。

「どうなされた、優真殿。朝からほとんど物を言わぬが、気分でも悪いのかな」

松平竜之介は、武家娘に声をかけた。

仇討《あだう》ち姉妹を助けた翌日――竜之介は多岐川優真を連れて、藤枝宿の中を歩きまわっていた。

多岐川優花の夫である参右衛門を斬《き》り殺した井草蔵之輔の顔を、この姉妹は知らない。

ただ、年齢は三十一歳で痩《や》せ型で貧相《ひんそう》な顔立ち、右眉《まゆ》の上に黒子《ほくろ》――というのが仇敵《かたき》を判別する手がかりである。

竜之介たち二人は、のんびりと宿場見物しているようだが、実は、油断なく人々の顔を観察して、この藤枝宿に潜《ひそ》んでいるはずの蔵之輔を捜しているのだった。

全長四キロほどの藤枝宿を、二人は何度も往復したが、まだ、仇敵らしい男は見つからない。

この宿場の人口は四千四百、さらに旅籠《はたご》の泊り客が数百人はいるだろう。だから、通りすがりに偶然見かけるのを期待するだけでは、そう簡単に、井草蔵之輔は見つかるはずもなかった……。

もっとも、一軒一軒を虱潰《しらみつぶ》しに当たって、多岐川姉妹が仇敵を捜していることが宿場の者に知られたら、井草蔵之輔は、すぐに逃げてしまうだろう。

今――神明《しんみよう》神社の境内にある茶屋の店先で、竜之介と優真は一休みして、茶を飲んでいるのだった。

姉の優花の方は、昨日の深夜、若殿の巨根で責めまくられたため、消耗し尽くして旅籠で休んでいる。

それが、三人が旅籠に居続けしても不自然ではない理由になったのだから、面白い。

「別に、どうもいたしません」

ボーイッシュな顔立ちをした優真は、つんとした表情のまま、答えた。

「そんな顔をしていると、せっかくの美人が台無しですぞ」

「え……」

竜之介に美人と言われて、優真は嬉しそうに表情を和《やわ》らげた。が、すぐに、ぷいっと横を向いて、

「どうせ、わたくしは、お姉様のような美人ではありませんっ」

精一杯に膨《ふく》れてみせた顔には、処女特有の子供っぽい稚《おさな》さがあって、可愛いものであった。

（なるほど、そういうわけか……）

茶を飲み干した竜之介は、突然、緊張した顔になった。

「優真殿、来いっ」

茶代を縁台に置いて、さっと立ち上がる。

「今、社《もり》の裏手の林へ入った男……右眉の上に黒子があった」

「えっ、それでは……」

多岐川優真も、あわてて立ち上がる。

「わしのあとについてくるのだ。遅れるなよ」

竜之介は、さっさと林の中へ入って行く。

優真も、そのあとを追ったが、どこにも人影らしいものは、見えなかった。

「あの、竜之介様。その男は何処《いずこ》に？」

遠慮がちに問いかけた時、振り向いた竜之介は、いきなり、優真を抱き締めて紅唇を奪った。そのまま、大木の幹に、彼女の背中を押しつける。

「……？」

優真は呆然《ぼうぜん》として何の抵抗もできずに、ただ、されるがままになっていた。

「──昨夜、わしと姉上が情を交わしているのを、そなたは覗き見しておったな」

「っ！」

優真の顔は真っ赤になった。

「それだけでも、武家の娘としてあるまじきことなのに、覗きながら、自分で自分を慰《なぐさ》めていたであろう、実の姉を肴《さかな》に手淫《しゅいん》するとは、悪い娘だ」

そう言いながら、竜之介の手は着物の裾《すそ》前を割って、なめらかな太腿《もも》の内側を撫《な》で上げていた。淡い繁みに縁取られた亀裂《きれつ》に達する。

「嘘っ、嘘よ！」

多岐川優真は、松平竜之介に抱きすくめられたまま、喘《あえ》ぐように言った。

「わたくしが、竜之介様とお姉様の秘事を覗きながら、自分で淫《みだ》らな真似をしていたなんて……そんなこと、嘘ですっ」

「ほほう、そうかな。己《おの》れの秘処《ひどころ》を、己れの指で、このように――」

優真の背中を大木の幹に押しつけたまま、竜之介は、彼女の着物の前を割って、太腿の付根に指を侵入させていた。

その指先で、湿った亀裂を、やさしく撫で上げる。

「あふ……っ！」

処女の武家娘は、短い悲鳴をあげた。

藤枝宿にある神明神社――その裏手の林の中だ。誰に見られる怖れも、聞かれる怖れもない場所である。

竜之介が、さらに愛撫《あいぶ》を続けると、女人の亀裂から透明な秘蜜《ひみつ》が湧き出した。

優真は熱病患者のように、せわしく喘ぐ。

「――このように、いじりまわしていたに相違あるまい。どうじゃ、優真殿」

「んんっ……ひ、ひどい……竜之介様」

勝気そうな顔を歪《ゆが》めて、武家娘は、涙声で言う。

「お姉様が好きなくせに、わたくしにまで、こんなことをなさるなんて……」

「やはり、嫉妬《しっと》か。可愛いことを言うな、優真殿は」

若殿は、優真の目の縁《ふち》に接吻《せっぷん》して、涙の粒を吸い取ってやった。

「そんなに、やさしくしないで……竜之介様なんて、嫌いです。初めてお逢いした時から、優真が、こんなにお慕《した》いしているのに…わたくしよりも先に、お姉様を……」

「恋に後先《あとさき》は関係あるまい。わしは、優真殿の初心《うぶ》なところを、好ましく思っておるぞ」

「……本当に？」

武家娘の濡れた瞳に、歓喜の輝きが宿る。

「武士に二言はない。だから、優真殿も、正直に話すのだ。ここを――いじっていたな」

愛汁《あいじゅう》に濡れた花弁《かべん》が、竜之介の愛撫によって、くちゅくちゅと卑猥《ひわい》な音を立てた。

「はうっ……そ、そうです。いじっておりました……」

「どこをだ。はっきりと申せ」

「お…お雛様ですぅ……」

「それは、上品な呼び方だな」

竜之介は、二枚の花弁をこすり合わせるようにしながら、

「下々では、女のここを秘女子という。さあ、優真。言うのだ」

「駄目です…羞《はず》かしくて……」

「惚《ほ》れた男の命令は、素直にきくものだ。昨夜、何をしていたのか、言いなさい」

「ゆ、優真は……竜之介様とお姉様が秘事《ひめごと》をなさっているのを覗き見しながら
……自分で自分の…ひ…秘女子をいじっておりました」

「よくぞ、申した。褒美《ほうび》に、そなたの秘女子を、わしが舐《な》めてつかわす」

「そんなことされたら…わたくし、羞かしくて死んでしまいますっ」

だが、竜之介は、着物や肌襦袢《じゅばん》の裾《すそ》を持ち上げるようにと命じた。

優真は、真っ赤になりながらも、命令通りにする。男識《し》らずの武家娘の下半身が、剝《む》き出しになった。

すらりと伸びた、真っ白な足。きめ細かくて、なめらかな肌。そして——亀裂の両側を飾る、帯状の淡い恥毛《ちもう》。

その亀裂から顔をのぞかせた薄桃色の花弁は、興奮して充血し、わずかに左右

る。

竜之介は、地面に片膝をつくと、その綺麗な秘部に唇をつけた。舌先でまさぐに開いている。

まだ処女であるせいか、花弁の形状は慎ましく色艶《つや》も新鮮であった。


「あぁァ……っ！　舐めないで…竜之介様、吸っては駄目ですぅぅぅ………っ」

松平竜之介に、秘部を口唇《こうしん》愛撫されて、武家娘は悲鳴のように叫んだ。

社《もり》の裏の薄暗い林の中――多岐川優真は、大木の幹によりかかったまま、着物や下着の裾《すそ》を持ち上げ、下半身を剝き出しにするという刺激的な格好《かっこう》をしている。

彼女の前に片膝をついた竜之介が、その股間《こかん》に唇を押しつけて、花園の奥から豊富に湧き出した透明な愛汁を啜《すす》っているのだった。

「ゆ…優真の秘女子が……みんな吸いとられてしまいそう……」

あまりの刺激の強さに、優真の膝《ひざ》は震《ふる》えて座りこみそうになっている。

竜之介は口元を拭《ぬぐ》うと、立ち上がった。

「優真。今度は、そなたの番だ」

娘をしゃがませると、若殿は、着物の前を開いた。

下帯の中から、黒々とした肉塊《にくこん》を摑《つか》み出すと、それを優真の前に突き出す。

「お、巨《おお》きい……」

唖然《あぜん》としたように、娘は呟《つぶや》いた。

昨夜、竜之介と姉の優花とのSEXを隣の座敷から覗いてはいたが、やはり、眼前で見る男根の迫力は格別なのであろう。

「まだだ、もっと巨きくなるぞ。さあ、巨きくしてくれ」

竜之介は、優真の紅唇を割って、肉根をねじこんだ。玉冠と濡れた暖かい口腔《こうこう》粘膜《ねんまく》がこすれ合うのが、快《こころよ》い。

娘の後頭部を両手で押さえると、ぐいっぐいっと腰を使い、処女の吸茎《きゅうけい》を楽しむ。

「むふ………んんぅ……」

生まれて初めて、男性器を咥《くわ》えさせられた武家娘は、鼻孔で呼吸しながら、夢中でしゃぶる。拙《つたな》い技巧だが、その初々《ういうい》しさが、男にとっては、かえって魅力的だ。

竜之介の男根は、すぐに猛々《たけだけ》しくそそり立ち、優真の小さな口には余る容積になった。乙女の唾液《だえき》に濡れて、黒光りしている。

「巨きい……優真には巨きすぎます……」

武家娘の瞳は、激しい欲情のために理性が溶けて、霞《かすみ》がかかったようになっている。

「では、袋を舐めるがよい」

「は、はい……」

優真は、右手で巨根を持ち上げ、左の掌《てのひら》に重い玉袋を乗せると、その袋を舐めしゃぶった。彼女の鼻孔から洩《も》れる温かい息が、竜之介の玉袋の表面をくすぐる。

「味はどうだ、優真」

「美味《おい》しい………竜之介様の金…玉は美味しいです……」

「よし、立ちなさい」

竜之介は、優真に大木の幹に抱きついて、臀《しり》を後方に突き出すように命じた。

剝き出しの下半身は、陶器のように白い。

まだ硬さの残る臀をかかえると、竜之介は、背後からどす黒い巨根で貫いた。

いわゆる〈後《うし》ろ櫓《やぐら》〉の態位《たいい》で、優真を犯《おか》したのだ。

着物の袂《たもと》を摑んで、必死に悲鳴を押し殺す武家娘の花園に、ゆっくりと抜き差しする。

破華《はか》の尊《とうと》い鮮血が、愛汁に混じって結合部から内腿《もも》へと流れ落ちた。

「辛くはないか、優真」

「竜之介様…好き……大好き……」

喘ぎながら、優真は言う。

「もっと……もっと、もっと優真を竜之介様のものにしてぇ！」

「よくぞ申した。堪《た》えるのだぞっ」

竜之介は、武家娘の臀を両手で鷲摑《わしづか》みにすると、猛烈《もうれつ》な勢いで突きまくった。

愛する男の荒々しい責めを全身で受けとめた優真の意識は、金色《こんじき》の悦楽境《えつらくきょう》に堕《お》ちてゆく………。


結局――松平竜之介は、その林の中で多岐川優真の初々しい果肉を味わい尽くしてから、その奥へ二度、放った。

さらに、聖液と愛汁にまみれてどろどろになった男根を、優真の唇と舌で丁寧《ていねい》に浄《きよ》めさせる。

昨夜、優真の姉の優花の内部に放ったものまで含めると、合計で三度、精を吐出したわけだ。

しかし、武芸で鍛《きた》えぬいた竜之介の精力は、衰《おとろ》えることを知らない。

ただ、武家娘の秘部が、荒々しい初体験で腫《は》れてしまったので、神明神社の近くの茶店で休むことにした。

「竜之介様――」

奥の切り落としの座敷で、優真は、若殿の広い肩にもたれかかり、

「わたくし、もう身も心も、竜之介様のものでございます」

うっとりと、幸せそうに呟《つぶや》く。

「そなたたち姉妹には、仇討《あだう》ちという大事な使命がある。悦楽に溺《おぼ》れて、武家の女としての使命を忘れてはなるまい」

「は、はい……」

武家娘は、しゅんとなった。が、竜之介が、その手を握ってやると、元気づけられたように微笑《ほほえ》む。

陽《ひ》の落ちる直前に、二人は、旅籠の木島屋へ戻った。

二間《ふたま》続きの奥に寝ていた優花に、優真が仇敵《かたき》の井草蔵之輔が見つからなかったことを報告する。

それから、風呂を浴びて、夕食をとった。

「……優真」

女中が床を敷いて出てゆくと、食事中に一言も口をきかなかった優花が、軋《きし》むような声で言った。

「竜之介様と……寝たわね」

「あ、姉上……」

優真は蒼《あお》ざめた。

「この泥棒猫っ」

いきなり、優花は、妹を平手打ちにする。

「きゃっ」

白い脛《はぎ》を見せて横に倒れた優真だったが、すぐに、ぱっと起き上がった。火がついたような険《けわ》しい目で、実の姉を睨《にら》みつける。

「わたくしが泥棒猫なら、お姉様は何よ！　殺された夫の仇討ちも済まないうちに、他の男性に抱かれた色狂いじゃないのっ！」

「これこれ。やめぬか、二人とも」

のんびりした声で、竜之介は制止した。だが、よく考えれば、実の姉妹の両方に手を出した若殿が一番、責任が重いのではないか。

「竜之介様は、わたくしと最初に契《ちぎ》ったのよっ」

「いいえ、竜之介様はわたくしのものだわっ」

ついに二人は、摑み合いを始めた。裾《すそ》を乱し、ふくら脛どころか腿《もも》までも見せて、とっ組み合い罵《のの》り合う。

「仕方がないな――」

腰を上げた竜之介は、何を思ったのか、着物の前を開いた。

女殺しの肉根を摑み出して屹立《きつりつ》させ、二人に近づく。そして、姉妹の襟首《えりくび》を摑んで、ひょいと腰の高さに持ち上げた。

それでも争いを止めようとしない二人の頰《ほお》を、竜之介は腰を捻《ひね》って、ばしっばしっと巨根で打つ。

超人的な秘技、魔羅びんたであった。普通の男性が実行したら、海綿体《かいめんたい》が潰《つぶ》れてしまうだろう。

「う……」

粘土の塊《かたまり》のような巨根で重い打撃を受けた優花と優真は、頭が痺《しび》れたようになり、動きを止める。

「二人とも落ち着きなさい。わしは、わしだ。誰のものでもない。だが――」

巨根で絶倫の若殿は、にっこり笑って、

「優花、優真……お前たち二人を一緒に可愛がってやることはできる。着物を脱ぎなさい」

「これが欲しくば、姉妹そろって裸になるがよい。さあ」

凶暴なまでに雄々《おお》しく屹立した巨根を誇示しながら、松平竜之介は、多岐川姉妹に命じた。

「はいっ、はい」

二人は、あわてて帯を解《ほど》いた。竜之介も着物を脱ぎ、下帯《したおび》までも取って、裸体となる。

十八万石の大名の嫡子で、甘いマスクの優男《やさおとこ》の竜之介であった。ちょっと見には、着痩《や》せして、頼りなく見える。

だが、裸になってみると、武道の修業で鍛《きた》えぬいた竜之介の肉体は、逞《たくま》しく引き締まっていた。

そして、その股倉《またぐら》の逸物《いちもつ》は、さらに逞しかった。〈漢《おとこ》〉そのものの威容である。

「凄《すご》い……」

「怖いみたい……」

全裸になった優花と優真の美姉妹は、眩《まぶ》しそうな顔で、その肉の凶器を見上げる。

「何が望みだ、優花。言ってみなさい」

「あ、あの…竜之介様の立派な、おち…お珍々に、さわりたいのです……」

おずおずと、未亡人の姉娘が言う。

「優真はどうだ」

「お珍々様を咥《くわ》えたい……優真は……太くて、長くて、石のお地蔵様みたいに硬いお珍々様を、おしゃぶりしたいですぅ」

酔ったような表情で、妹娘は言った。

「許す」若殿は、おごそかに宣言する。

「喧嘩《けんか》をするなら、二度と抱いてやらぬぞ。姉妹で仲良く、我が魔羅に奉仕するがよい」

「ありがとうございます……」

美しい武家姉妹は、仁王立ちになった竜之介の前に跪《ひざまず》いた。

「どうすればいいの？」

指がまわり切れぬほど太い茎部《けいぶ》を手にして、優花は途方にくれたように、妹に訊《き》く。

亡き夫とは一年半の結婚生活を送ったが、その閨事《ねやごと》は淡泊《たんぱく》で、夫のものを口で愛撫《あいぶ》した経験などない優花であった。

「ふふ、こうよ」

今日、初体験を済ませたばかりのくせに、優越感に満ちた態度で、妹の優真は巨砲の玉冠に唇を押しつけた。

玉冠部は、柿の実のように丸々と膨《ふく》れ上がっている。その先端の切れこみに滲《にじ》み出している透明な露《つゆ》を、優真は、ちゅっと吸い取った。

それから、舌先で愛《いとお》しそうに、玉冠部や、その下のくびれを舐《な》めまわした。

それを見ていた優花も競争心を剝《む》き出しにすると、横笛を吹くようにして太い茎部を舐め始める。

一心不乱に男根を舐めしゃぶる美姉妹を、竜之介は、満足気に眺めていた。

「んん……いやらしい味……」と優花。

「そうよ、お珍々様って、凄くいやらしい味がするのよ、お姉様。でも、美味《おい》しいでしょ」

「ええ……お口に入るかしら、こんな巨きなお珍々様が……んぐぅ」

十九歳の後家は、精一杯に口を開けて、巨根の先端を咥える。

そして、ゆっくりと頭を前後に動かした。濡れた粘膜が、ぬぷっ……ぬぽっ……ぬぷっ…と猥褻《わいせつ》な音を立てる。

「お姉様、ずるい」

ちょっと拗《す》ねてみせた優真だが、自分が咥えられないことはわかっているので、剛根の根元の方へ顔を移動させた。

重く垂れ下っている布倶里《ふぐり》を両手で捧《ささ》げ持つようにすると、優真は片方の玉を口に含んで、舌先で転がす。

美姉妹の献身的な奉仕によって、竜之介の内部で、急速に圧力が高まってきた。

「よいか、優花。放つぞ」

竜之介は、ぐいっと腰を突き出す。

「んぐぐ………んあっ！」

あまりにも大量の熱い聖液に喉《のど》の奥を直撃されて、多岐川優花は思わずのけぞり、巨根から口を放してしまった。

その貞淑《ていしゆく》そうな顔に、第二弾、第三弾の液塊《えきかい》が衝突《しょうとつ》する。たちまち、十九歳の未亡人の顔は、白濁した聖液に汚されてどろどろになってしまった。唇の端からも、溢《あふ》れた聖液がぬらりと流れ落ちる。

「ああんっ、もったいないっ」

妹の優真が、姉の顔を、ぺろぺろと舐め、聖液を啜《すす》りとった。優花もまた、ほとんど無意識のうちに、舌先で唇のまわりの聖液を舐めとった。

淫《みだ》らな行為を続ける姉妹の舌は、自然と絡《から》み合ってしまう。

「優真……」

「あ、姉上……」

つい先ほど、松平竜之介を巡って摑《つか》み合いの喧嘩までしたというのに、美姉妹は、互いに舌を激しく吸った。唾液や聖液を飲みこむ。

この世のものとは信じられぬほどの逞《たくま》しい巨根に調教されて、理性の箍《たが》が弾《はじ》け飛び、近親レズビアンの悦楽《えつらく》に目覚めたのだろう。

「よしよし。姉妹仲良く、これを浄《きよ》めるがいい」

竜之介は、本日四度目の吐精をしたというのにいささかの衰えも見せぬ剛根を、二人の唇の間に割りこませた。

「あふ……このお珍々様、まだ硬いわ……」

「竜之介様、凄い……本物の漢《おとこ》ね……」

優花と優真は、懸命《けんめい》に肉の凶器に奉仕する。

「二人とも、並んで這《は》え。臀《しり》を高く持ち上げて、秘処《ひめどころ》を広げるのじゃ」

姉妹は、こくりとうなずいた。

「はい。仰《おお》せのままに致しまするゆえ……」

「竜之介様……姉上ともども、存分に可愛がってくださいまし……」

いそいそと、竜之介に背中を向けて、四《よつ》ん這《ば》いになった。右が優花、左が優真である。

高々と掲げられた臀は、さすがに人妻だっただけあって優花の方が大きく、たっぷりと脂肪がついていた。優真の臀は、まだ処女の硬さが残っていて、少年のように引き締まっている。

二人は恥じらいながら、しかし、本当は露出の歓《よろこ》びに軀《からだ》を震《ふる》わせつつ、両手で花園を開いた。濡れそぼった内部粘膜が、丸見えだ。

「仲直りした褒美《ほうび》として、我が魔羅を与えてつかわす。長幼の序を守って、まずは、優花よ。そなたを貫くぞ」

「嬉しい……」

竜之介は、優花の花孔に挿入すると、その臀をかかえて、激しく突いた。突きながら、左手で優真の花園に指を使う。

悲鳴を上げて優花が軽い頂上に達すると、ずるりと引き抜いて、今度は優真の女陰を抉《えぐ》る。ゆっくりと抽送《ちゅうそう》しながら、右手で優花の秘部を愛撫《あいぶ》した。

「ひゃぐっ……駄目っ、裂《さ》けちゃううぅっ」

巨根に深々と突かれて、優真は狂った。

その時、階段を荒々しく踏み鳴らして、二階の客が降りてきた。

声もかけずに、いきなり、がらりと座敷の襖《ふすま》を開いて、

「いい加減にせいっ！　発情のついた犬猫《わめ》でもあるまいし、貴公たちは昨夜といい今日といい、羞《はず》かしげもなく卑語を喚き散らして、大概《たいがい》にせんかっ」

怒鳴《どな》りこんできたのは、中年の貧相《ひんそう》な顔をした浪人であった。その右眉《まゆ》の上には、大きな黒子《ほくろ》がある。

夢現《ゆめうつつ》の状態で、浪人の顔を見上げた優花が、はっと息を呑んで、

「その黒子！　そなたは夫の仇敵《かたき》、井草蔵之輔であろうっ！」

井原西鶴《いはらさいかく》の『世間胸算用《せけんむねざんよう》』に、「総じてのこと、灯台下暗《とうだいもとくら》し」という一節がある。灯台下暗し――人間は、周囲のことには気を配るが、自分の足元のことは中々わからないものだ、という意味だ。

多岐川優花と優真の姉妹は、仇敵の井草蔵之輔を捜して、若殿浪人の松平竜之介と一緒に、藤枝宿の旅籠《はたご》・木島屋へ泊まった。

そして今――姉と妹が並んで四《よつ》ん這《ば》いになり、背後から竜之介に責められていた。

ところが、竜之介たちの部屋の真上に、当の蔵之輔がいたのである。

しかも、竜之介の巨根に貫かれた多岐川姉妹の悦声《よがりごえ》のあまりの破廉恥《はれんち》さに文句を言うために、蔵之輔は階段を駆け下りて自分から怒鳴《どな》りこんできたのだから、とことん間抜けだ。

「お前たちは……！」

蔵之輔は、間抜け世界一の見本のように、唖然《あぜん》とする。

「お、己《おの》れっ」

全裸の優花は立ち上がろうとしたが、先ほどの絶頂感が腰に残っていて、思わず、ふらついてしまう。

それを見た蔵之輔は、判断力を取り戻して、素早く大刀の柄《つか》に手を走らせた。完勝《かんしょう》流抜刀術の達人の刃《やいば》が、畳に座りこんだ裸の女を両断しようとした、その時、

「たわけがっ」

「わっ！」

蔵之輔は、右手で額《ひたい》を押さえて、のけぞった。たらりと鮮血が、鼻の脇を流れ落ちる。

松平竜之介が、優真の女陰に挿入したままの姿勢で、白扇《はくせん》を投げつけたのだ。それが、見事に男の眉間《みけん》に命中したのである。

その隙《すき》に、竜之介は大刀を取った。

さすがに、武芸十八般《ぶげいじゅうはっぱん》で鍛《きた》えた若殿、美しい姉妹との三人性交にも我を忘れることなく、手のとどく範囲に白扇や二刀を置いていたのである。

ずぼっ、と卑猥《ひわい》な音を立てて、妹娘の体内から竜之介の男根が引き抜かれた。

そして、竜之介は、まだ愛夢の世界から覚めきれない優真を飛び越えた。

濡れた巨根が、ぶるんと揺れる。着地しながら竜之介は、

「助太刀《すけだち》いたすっ！」

蔵之輔の右肩に、鋭い一太刀を浴びせた。袈裟《けさ》がけに斬《き》られた蔵之輔は、血煙を噴いて倒れる。

裸の胸と腹に返り血を浴びた竜之介は、多岐川姉妹の方を振り向いて、

「しっかりせい！　止《と》どめをさすのだっ」

厳しく叱咤《しった》する。

「は…はいっ」

優真と優花はようやく立ち上がると、脱ぎ捨てた着物の中から、懐剣を取り出した。

そして、血の海の中に倒れ伏している井草蔵之輔に近づき、同時に、その背中に懐剣を突き立てる。

「ぐ………っ」

低く呻《うめ》いた蔵之輔は、そのまま絶命した。

裸の美姉妹は、懐剣を残したまま、ふらふらと後退して、臀餅《しりもち》をついた。生まれて初めて人を殺したので、一時的に、放心状態になっているのだろう。

二人とも足を開いたままなので、濡れた花園が丸見えである。

騒ぎを聞きつけたのか、何人かの足音が、部屋に駆け寄ってくる。

竜之介は咄嗟《とっさ》に、廊下に面した襖《ふすま》を閉じた。

「もしっ、どうなさいました」

「仇討《あだう》ちじゃ。心配ない、もう終わった。乱れた衣服を整えるゆえ、暫時《ざんじ》、待て」

「へ、へい……」

宿の亭主が、襖の向こうで恐縮する。


多岐川姉妹は、見事に仇敵《かたき》の井草蔵之輔を討ち果たした。

が、絶倫若殿の松平竜之介と姉妹仲良く乱交しているところに、蔵之輔が飛びこんできたので、三人とも全裸のままである。

つまり、「性交していたら仇討ちに成功した」のだから、人生は面白い。

とにかく、多岐川優花と優真は、急いで身支度《みじたく》を整えた。竜之介も、返り血を拭《ぬぐ》って着物を着る。

それから、ようやく襖を開けて、廊下で待っていた旅籠の主人たちを引き入れた。

主人の藤兵衛《とうべえ》は、血の海に横たわった蔵之輔の死骸《しがい》を見て、腰を抜かしそうになる。

「尋常《じんじょう》の仇討ちじゃ。このように、神北藩発行の仇討ち許可状もある。町奉行所には、この井草蔵之輔の死を確認してもらい、証明書を出して欲しい。頼むぞ」

有無を言わせぬ口調で、竜之介が説明する。

「は、はい。承知しました。それにしても……このご浪人様が仇敵持ちとはねえ。国許《くにもと》から旅費が届くまで、しばらく滞在する——とか申しておられたのですが……」

なるべく、視界の中に死体を入れないようにしながら、藤兵衛は部屋を出て行った。

——結局、死骸が引き取られて、座敷の掃除が済んだ時には、もう夜が明けていた。

竜之介たちは風呂に入ってから、正午《ひる》近くまで、ぐっすりと眠った。

午後には、わざわざ城代家老の使者が木島屋を訪れて、多岐川姉妹に仇討ち成功の祝いの挨拶《あいさつ》をする。

何しろ、普段は、大した事件のない城下町である。突如、仇討ちという華々しい一大イベントが起こったのだから、皆が興奮するのも無理はない。

竜之介たち三人は、木島屋から脇本陣に移され、豪華な祝いの宴《うたげ》が開かれた。

深夜になって、ようやく三人は、用意された離れ座敷に引き上げることができた。

「松浦様のご助力をもって、我ら姉妹、仇討ち本懐《ほんかい》を遂《と》げることができました。お礼の申し上げようもございません。この通りでございます」

姉妹は両手をついて、深々と頭を下げた。

「うむ。良かった、良かった。仇討ちは武士道の誉《ほま》れ、これで多岐川家は安泰じゃ。二人とも、大手を振って神北藩へ戻れるのう」

「………」

多岐川姉妹は、複雑な表情で、互いに顔を見合わせて、

「あの、竜之介様……」

「言うてはならぬ」

竜之介は、ぴしゃりと制止した。

「仇討ちに成功した姉妹が、見知らぬ男を連れて故郷へ戻ったら、人はどのように噂《うわさ》するであろうか。仇討ちの栄誉すら、貶《おとし》められかねん。その男が、姉の再婚相手であっても、妹の結婚相手であっても、同じことよ」

「…………」

「それに、わしも、江戸に行かねばならぬ重大な用事があるのだ。そなたたち二人とは、明日、別れることにしよう」

　美姉妹は、しょんぼりと肩を落としていたが、ややあって、妹の優真が顔を上げて、

「でしたら、竜之介様。今宵《こよい》は、空が白むまで、我ら姉妹を可愛がってくださいませ」

「ずばりと申したな」竜之介は苦笑した。

「幸い、この離れ座敷は湯殿付じゃ。──よし、二人とも、足腰立たなくなるまで湯殿で抱いてつかわすぞ。ははは」

「見ては厭《いや》ですよ、竜之介様」

「目を開けたら、嫌いになりますからね」

　多岐川優花と優真の言葉に、

「わかっておる、わかっておる」

　湯槽《ゆぶね》につかって美姉妹の後ろ姿を眺めながら、松平竜之介は答えた。

　藤枝宿脇本陣の離れ座敷──その座敷に付随した湯殿の中に、竜之介たちはい

た。

多岐川姉妹は故郷を目指して、竜之介は江戸を目指して、明日は別れ別れになる三人である。

今宵は、最後の夜である。突然の仇敵《かたき》との遭遇によって中断していた三人乱交を、心残りのないように、たっぷりと楽しもうというわけだ。

(それにしても、女人《にょにん》という生きものは、わけがわからんな)

姉妹の水蜜桃《すいみつとう》のような臀《しり》を見物しながら、竜之介は胸の中で呟《つぶや》く。

(わしに抱かれた時には、腸《はらわた》の奥まで曝《さら》け出すように悦《よ》がり狂うくせに、下を洗うところは見るなとは……)

優花も優真も片膝立ちになり、秘めやかな指使いで女陰の奥を洗っているのだった。臀の双丘《そうきゅう》の谷間に蠢《うごめ》く白い指と、それにまとわりつく黒い恥毛《ちもう》が、エロティックだ。

(まあ、その身勝手なところが、女の可愛さなのだろう。男の甲斐性《かいしょう》とは、女の我儘《わがまま》をどこまで笑って許してやれるか、必要な時にきつい御灸《おきゅう》を据えてやれるか——ということに尽きるな)

自分も男として相当に身勝手なことを考えながら、竜之介は姉妹の様子を眺める。

それにしても、湯気に包まれて、ほんのりと赤く色づいた二人の臀は美しい。若々しい肌に弾《はじ》かれた湯が、珠《たま》になって、まろやかな曲面《きょくめん》を転がり落ちてゆく。

十九歳の姉の臀は、未亡人だけに肉づきが豊かで、たっぷりと量感がある。未婚の十八歳の妹の臀は、竜之介によって男を識《し》ったばかりなので、硬さが残っている。

どちらも、男の征服欲をそそる妖《あや》しい魅力を孕《はら》んでいた。

張りつめた美しい臀は、造化の神が女性に与えた最高の果実なのかも知れない。

無論、男性にとっても最高の果実である。

(熟れて甘い芳香を放つ果物に、ふらふらと引き寄せられる哀《あわ》れな虫――それが男の本質ではないのか……)

のんびりと美臀を見物しながら、そんな他愛もないことを考えている若殿であった。

「――もう、宜《よろ》しゅうございますよ」

「ん、そうか」

優花の言葉を聞いて、たった今、開いたばかりというように、竜之介は目を瞬《またた》かせる。

二人の女は手拭《ぬぐ》いで下腹部を隠し、片腕で乳房を押さえるようにして湯槽へ入ってきた。湯槽の縁《ふち》を跨《また》ぐ時に、ちらりと秘密の花園が見える。

姉妹は、竜之介の左右に来て、

「本当に目を瞑《つむ》ってらしたのかしら」

「何だか、くすぐったい視線を背中に感じましたわ」

優花と優真は、責めるような口ぶりであった。

勿論《もちろん》、竜之介が、しっかりと見物していたことを、知っての上での尋問《じんもん》である。

本格的な乱交に入る前の、会話による前戯《ぜんぎ》というべきか。

「何を申すか。武士に二言はないぞ。疑うならば、わしの口を吸ってみるがよい。嘘をついた口かどうか、そなたたちの舌で確かめるのじゃ」

「では、遠慮なく……」

「そのお口に……」

姉妹は左右から、竜之介に接吻《せっぷん》した。二人は舌先で、男の唇を舐《な》めまわす。竜之介も唇を開き、三人の舌が淫《みだ》らに絡《から》み合った。

離れ座敷の湯殿——松平竜之介は、湯槽の中で、多岐川姉妹とトリプル接吻に耽《ふけ》っていた。

湯槽の縁にもたれかかった竜之介に、多岐川優花と優真は、左右から、すがりついている。

そして、彼と美姉妹は唇を合わせて、情熱的に互いの舌を絡めていた。

「どうじゃ。わしの口が嘘をついていたかどうか、わかったであろう」

だが、姉の優花は、うっとりした顔で、

「いいえ、わかりませぬ……」

「そうよ。もっともっと確かめないと……」

妹の優真もまた、欲情に濡れた瞳で接吻の再開を求める。

「両名とも待て。わしが思うに、そなたたちは、すでに確認をしたのにもかかわらず、ただ口吸いが心地良いゆえに、まだわからぬと嘘を申しておるのではないか」

「まあ、ひどい」

美姉妹は、含み笑いしながら、その嫌疑《けんぎ》を否定した。

「よし。今度は、わしが、そなたたちの口に訊《き》いてやるぞ。ただし、口は口でも、下の口であるがな」

　そう言って竜之介は、横座りしている二人の臀《しり》を撫《な》でた。撫で下ろしながら、ついには指先が、前方の花園に達する。

「ひ……」

「あふっ……」

　指先の腹で、花の縁をソフトに撫でられて、二人の武家姉妹は、甘やかな溜息《ためいき》を洩《も》らした。

　竜之介の指がぬるりと花孔の内部に侵入すると、それをより深く咥《くわ》えこもうと、もぞもぞと臀を動かす。

「何としたことだ。両名とも、下の口は、怪《あや》しき蜜のごときものによって、ぬらぬらしておるではないか。優真、これは何じゃ」

「湯…湯にございまする……」と優真。

「偽《いつわ》りを申すな。これは湯とは別物じゃ。それが証拠に、この怪しき蜜は女体の奥の奥から湧き出ておるぞ。このように――」

　竜之介は、指先を花孔の奥の院にもぐらせて、子壺の入り口をくすぐった。

「んあっ」

「ひっ」

多岐川姉妹は、胸乳《むなぢ》を震《ふる》わせて喘《あえ》ぐ。

「どうじゃ、優花。この蜜は何か」

「はい……優花のひ…秘女子が、泣いているのでございます。た、竜之介様の……お珍々様が早く欲しい欲しいと……泣いている涙なのです……」

十九歳の未亡人は、切なげに言った。

「それに相違ないか、優真」

「は、はい……優真の秘女子も、竜之介様の立派なお珍々が欲しくて、もう、ぐちょぐちょになっておりますぅ……」

妹娘も、下層階級のような卑猥《ひわい》な言葉を口走った。

いつの間にか、話の論点が大幅にずれているが、もう、そんなことはどうでもよくなっている三人だ。

「二人とも、何と淫らな。仕置《しおき》いたすゆえ、臀を突き出すがよい」

竜之介の命令に、美姉妹は嬉しそうに従った。湯槽の縁につかまると、二人は湯の中に跪《ひざまず》いて、後方へ臀を突き出す。

ちょうど、桃太郎を孕《はら》んだ桃が川を流れているように、湯面から、ぽっこりと臀の双丘が顔を出している。それも、二個の桃だ。

「嘘つきの悪い臀は、これか」

竜之介は平手で、優花の豊満な臀を、ぴしゃりと叩く。臀が濡れているし、湯殿の内部で反響して、小気味良い音がした。


「きゃうっ」

松平竜之介に、濡れた臀を叩かれた多岐川優花は、色っぽい悲鳴をあげた。肉づきの良い臀の双丘と豊かな乳房が、ぶるんと揺れる。

竜之介が手加減していることは、言うまでもあるまい。

「今度は、こちらの臀だ」

竜之介は、妹の優真の臀にも、ぱしっと平手打ちを喰《く》らわした。

「あひっ」

優真も、嬉しそうな悲鳴をあげる。

湯の中から突き出した二人の臀の若殿に打擲《ちょうちゃく》された部分が、朱に染まった。

「わしの魔羅をせがむだけあって、姉妹そろって、たいそう淫《みだ》らな臀をしているな。じっくりと検分してつかわすゆえ、もっと高く臀をかかげるのだ。早う、せい」

「はい……」

「こ、こうでございますか……」

多岐川姉妹は、湯槽の縁につかまって、湯の中に跪《ひざまず》いている。その後方へ突き出した臀を、二人は、高く持ち上げた。

丸い双丘だけではなく、谷間の下の花園までが、湯面の上に現われる。濡れた恥《ち》毛《もう》の先端から雫《しずく》が落ちる様子が、妙に扇情《せんじょう》的だ。

「さて、と。では、姉の臀から――」

竜之介は、優花の背後にまわると、左手の指で臀の谷間を開いた。

谷底に隠されていた菫《すみれ》色の後門が、湯殿行灯《あんどん》の黄色っぽい光に照らされて、ひっそりと息づいているのが見える。

「いけません！　そのような所をご覧になってはっ」

優花はあわてて、臀の孔《あな》を両手で隠そうとした。が、若殿は、またも臀打ちをして、

「検分中じゃ。動いてはならぬ」

鋭く注意する。優花はすぐに元の姿勢に戻り、しおらしい声で、

「お、お許しください、優花が悪うございました……」

二度も臀を打たれて、十九歳の未亡人は痛みを快楽に転嫁《てんか》する被虐《ひぎゃく》の歓《よろこ》びに目覚めたらしい。目の焦点《しょうてん》が虚《うつ》ろになっている。

「うむ。わかれば宜しい。——ほほう、これが十九後家の臀の孔か。菊の花を思わせるような、放射状の皺《しわ》があるな。それで、臀の孔の俗称を菊門とか菊座とか申すのか」

排泄孔《はいせつこう》を覗きこむ竜之介の息が会陰《えいん》部や花園をくすぐるので、優花は喘《あえ》いだ。

「外側は、よくわかった。次は、中を調べるとしよう」

若殿は後門の両側に親指をあてがうと、左右に広げる。

ぽっかりと臀孔が、楕円《だえん》形に開口した。内部粘膜まで、丸見えになった。

「ああ、見ないで……堪忍《かんにん》してぇ」

優花は固く目を閉じて、全身を戦慄《おのの》かせた。

武家の妻ともあろう者が、夫でもない男に、排泄孔の内部までも覗かれている。

体中の血が沸騰《ふっとう》するような羞恥《しゅうち》が彼女を襲い、それは倒錯《とうさく》した歓びへと変化した。

女陰の花弁が自然と波打ち、透明な愛汁《あいじゅう》が大量に分泌される。

「どれ、締まり具合はどうかな」

若殿は、右の中指の先端を、そっと後門にあてがった。

強い弾力のある括約筋《かつやくきん》が指を押し返したが、さらに力を入れると、ぬぷっと内部に侵入できた。

「んあっ」

優花は、短く息を吐き出す。

竜之介は、中指にかなりの締めつけを感じながら、親指の方を花孔に差し入れた。

「二孔《ふた》同時占領というところだな」

「ずるい、ずるい……お姉様ばかり、竜之介様に可愛がっていただいてぇ……」

姉の優花の後門と花孔を指で犯《おか》していると、妹の優真が、お菓子を取り上げられた子供みたいに泣きべそをかいた。

「では、そなたも臀の孔を広げるのだ」

「こ、こうでございますか」

湯槽の中に跪いている武家娘は、ためらいながらも、小さな臀の肉を両手で左右に広げた。赤く色づいていた背後の小孔が、ぽかっと口を開いてしまう。

竜之介は、左手の中指を舐めてから、それを開口した後門の内部へ侵入させた。

きゅーっ、と括約筋が収縮して、男の指を咥《くわ》えこむ。直腸内の温度は、なぜか、膣の内部よりも熱いようだ。

「んんんっ？ ……い、厭《いや》っ、何か変ですぅぅぅ」

妹娘は眉《まゆ》をしかめて、激しく喘いだ。

「何がどう変なのか、説明するのだ」

「わかりません……わかりませんが、お腹をこわした時のような……もう駄目、羞かしくて言えませぬっ」

「つまり、粗相《そそう》をしそうということか」

洩《も》らしてしまいそうなのか――という意味のことを、竜之介は言った。

「厭っ、言わないで！ 竜之介様の意地悪っ、知らないっ」

優真は、かぶりを振って泣きだした。

感情の昂《たか》ぶりによるものか、締まりのいい若い臀孔が、さらに強く男の指をきりきりと締めつける。

「優真は、こちらの方が好きなのかな」

竜之介は、左の親指を、濡れそぼった花孔に挿入した。ぬぷり、と親指の付根まで呑みこまれる。温かい肉襞《にくひだ》が、ぬらぬらと指にまとわりついて、柔らかく締めあげた。

「むふ……………」

泣いていた妹娘は、満足そうな吐息《といき》を洩《も》らす。

これで竜之介は、美姉妹の前後の孔を、二人同時に指で犯していることになった。

湯の中に胡座《あぐら》をかいた若殿は、指を微妙に動かしながら姉妹の羞恥の部分を嬲《なぶ》り、その反応を楽しむ。

「いやいや、もうお臀は堪忍して……」

「竜之介様、お願い……お臀で辱《はずかし》めないでぇ……」

美しい姉と妹は、切なそうに訴えた。

だが、その言葉とは裏腹に、二人の後門括約筋は活発に蠢《うず》いて、竜之介の指を奥へ奥へと咥えこもうとする。

松平竜之介は、すでに、姉妹の女陰と口腔《こうこう》を征服していた。

これで、第三の貞操《ていそう》である後門を犯せば、多岐川姉妹の全てを征服し尽くしたことになる。

だが、指で確かめると、後門内部の反応は花孔内部の数倍も敏感であった。これで、石のように硬い巨根をぶちこんだら、二人とも乱心したように悦《よ》がり狂うに違いない。

（それでは、せっかく、わしとの別れを納得させたのに、また、二人が未練を残してしまうな……。よし、別離の宴《うたげ》は、前の孔だけで可愛がってやることにしよう）

竜之介は指を抜くと、それを二人にしゃぶらせ、浄《きよ》めさせた。

それから、簀子《すのこ》の上に仰向《あおむ》けに並べた二つの女体を、自慢の黒光りする巨根で交互に犯しまくる。

「た、竜之介様ァ……………」

「死ぬ、死んでしまいますぅぅ……」

武家の美姉妹の艶《つや》やかな悦声《よがりごえ》の二重奏《デュエット》が、湯殿に響き渡った——。

第五章　謎の刺客《しかく》

夏の陽射《ひざ》しが照りつける街道は、白く乾いて、陽炎《かげろう》がゆらめいていた。

東海道《とうかい》は沼津《ぬまづ》宿の外れの掛け茶屋で昼食をとった竜之介は、煙草《たばこ》を一服つけると、昨夜の旅籠《はたご》で隣の鼾《いびき》がうるさく、寝不足だったこともあって急に睡魔に襲われた。

茶屋の親爺《おやじ》に断って、隅の涼しい縁台で昼寝をする。

鳳《おおとり》城で大勢の家臣に囲まれて暮らしていた時には、想像もつかなかった気楽さだった。

「――もし、お侍様。箱根《はこね》宿まで行かれるお積もりなら、そろそろ出発なされた方が」

親爺に声をかけられて、竜之介は眠りから覚めた。大きく伸びをしてから、

「もう、そんな時刻か。たしか、この次の宿が三島《みしま》、その次が箱根であったの」

「へい。お急ぎの旅でなければ、三島宿に一泊されると面白うございますが」

「面白いというと？」

「三島宿のお女郎は床《とこ》上手と、街道筋でも大変に評判が良うございますんで。話の種に買ってみるのも、一興でございますよ」

　　富士の白雪ゃあさひでとける
　　とけて流れて流れのすえは
　　三島女郎衆の化粧水

　小唄の中で右のように歌われているように、三島の飯盛《めしもり》女郎は有名な存在で、十返舎一九《じつぺんしやいつく》の『東海道中膝栗毛《とうかいどうちゆうひざくりげ》』にも登場する。

「床上手？　買う？　つまり……金銭を支払って、女と媾合《こうごう》いたすわけか」

「へい、まあ」

　一人旅をしているにしては、ずいぶんと世事に疎《うと》いお武家だと思いながら、茶屋の親爺はうなずいた。

「して、それはいかほどの価《あたい》じゃ。十両《りよう》か、百両か。それとも……」

　かなり俗世間の生活に詳しくなったつもりの若殿だが、まだまだ、肝心《かんじん》な知識がぽっかりと抜けている。

「そんな大層《たいそう》な。江戸の華魁《おいらん》を買うんじゃありませんから。三島女郎なら一晩で五百文《もん》てところでさあ、へい」

「五百文……つまり、一朱《しゅ》と百二十五文じゃな」

一両は四分《ぶ》、一分が四朱。つまり、一両が十六朱ということになる。一両は六千文だから、一朱は三百七十五文だ。

「へい。二朱も出したら、もう、何でもやらせてくれますよ」

「何でも……か」竜之介はすこし考えて、

「よし、今夜は三島宿に泊まることにしよう」

沼津宿から東へ、三里《り》と二十八町《ちょう》――約十五キロ。

三島宿は、東海道で十一番目の宿駅になる。

人口が四千人、戸数も千を越え、旅籠《はたご》も七十以上ある。その半分以上が飯盛《めしもり》旅籠だった。

飯盛旅籠とは、〈飯盛女〉という呼称の遊女を置いている宿泊施設のことだ。

幕府の命令によって、吉原遊廓《よしわらゆうかく》など限定された地域以外では、女性に売春行為をさせることは禁止されていた。

そこで、街道筋の旅籠の主人たちは、宿泊客に給仕をするという名目で女を置き、彼女たちが私的に客をとっているのだ——と言い訳したのである。

昔も今も変わらぬ、風俗産業における建前《たてまえ》と実態の使い分けであった。

さて——鳳城から家出中の若殿浪人・松平竜之介は、その三島宿に到着した。

宿場の入口にあった饅頭屋の親爺に、

「これこれ。ちと、ものを尋《たず》ねるが」

「へい。何でございましょう、お武家様」

竜之介を身分の高い武士と見て、狸《たぬき》のような顔をした親爺は丁重《ていちょう》に応対した。

「三島女郎と申すものは、どこへ行けば購《あがな》えるのかな」

「あ、購う……？　はあ、つまり、お女郎買いをなさりたいわけですな」

「うむ、それだ」

竜之介はうなずく。

「でしたら、女が客引きをしている飯盛旅籠にお泊りになれば、それでようございます。あとは、旅籠の者が、どういう女がお好みかお尋《たず》ねしますので、むっちりした女がいいとか細っこいのがいいとか、お武家様の希望をおっしゃれば」

「なるほど。それは便利だのう」

「ついでに申し上げますと、お武家様のような方が泊まられるのでしたら、やはり、一流どころが宜《よろ》しいと存じます。ほら、あそこに看板が見えております、〈藤田屋《ふじた》〉になさいませ。女も、ずいぶんと美《よ》いのを揃えてございますよ。その床業《とこわざ》といったら、もう……うひひひ」

以前に買った飯盛女郎を思い出したのか、狸顔が、だらしなく弛《ゆる》む。

「口から涎《よだれ》が垂《た》れておるぞ。——面倒をかけたな、礼を言う」

菅笠《すげがさ》をとった竜之介は、ゆったりとした足取りで藤田屋へ向かう。

途中で、何人もの客引きに声をかけられたが、適当にあしらった。客引きの方も、庶民の旅客とは違って、まさか、武士の袖《そで》を摑《つか》んで無理に引きこむわけにはいかない。

「部屋は空《あ》いておるかな」

竜之介の方から声をかけると、藤田屋の客引き婆《ばば》ァは上客と見たらしく、

「はいっ、はいはい。どうぞ、どうぞ、最高のお部屋が空いております。お武家様、ご案内！　濯《すす》ぎを早くお持ちしてっ」

それから、上がり框《がまち》に腰かけて草鞋《わらじ》の紐《ひも》を解《ほど》き出した竜之介に、やや声を低めて、

「で——お武家様。どういう娘がお好みで。やはり、若いのが宜しいでしょうね。一昨日、入ったばかりの十四の娘が……」

「いや、なるべく年季の入った年増《としま》にしてくれ。顔立ちや体型よりも、心根のやさしい情の深い女を選んでくれ」

「ははあ、年増を……？」

意外な要求に、客引き婆ァは、ちょっと驚いたようだった。が、すぐに笑みを浮かべて、

「さすが、お武家様。初物喰《はつものぐ》いよりも年増好みとは、なかなかの通人《つうじん》でいらっしゃる。ちょうど、千草《ちぐさ》という美《よ》い年増がおりますよ」


「お待たせしました、お客さん」

三島宿の夜——ひとっ風呂浴びた松平竜之介が、本物の女中が運んできた夕食を食べ終わると、しばらくして、飯盛女郎が姿を現わした。

「千草です。よろしくね」

年は、三十前くらい。小《こ》万島田《まんしまだ》に髪を結《ゆ》った、ふくよかな顔立ちの女である。

十四歳前後から客をとる遊女としては、かなり年配ということになるが、なか

なか色っぽい美女であった。顔に嫌味《いやみ》がなく、目元が優しい。

「うむ。松平…いや、松浦《まつうら》竜之介じゃ、見知りおいてくれ」

「まあ……うふふ、面白いお武家様」

そこへ、女中が酒肴《しゅこう》の膳を持ってきた。

「わしは注文しておらぬが」

「いいんですよ。これは、あたしの奢《おご》り」

千草は竜之介に酌《しゃく》をしながら、

「この店には若い娘がいくらでもいるのに、こんな年増女をわざわざ選んでくれるなんて、嬉しいじゃないの。だから、これは奢らせてくださいな」

「そうか。では、遠慮なくいただこう」

「女郎が人気があるのは、まだ濡れ事になれていない十四、五から、男のあしらい方に慣れた二十一、二まで。それ以上は少しずつ客が離れてゆくから、二十半ばが稼業《かぎょう》の退《ひ》け時《どき》なんです。まあ、年季証文はたいてい十年だから、辻褄《つじつま》は合ってるよね。あたしみたいに、二十九にもなって、飯盛女郎を続けてる女も、珍しいや。……あら、いいんですか」

「よいではないか。ほら」

竜之介は、年増女郎の千草に酌をしてやった。

二十九歳というと、見附宿《みつけ》で女体指南《にょたい》をしてくれた後家《ごけ》のお路《みち》よりも、一歳年上ということになる。

竜之介より七つ年上だ。

江戸時代の二十九歳といえば、現代人の三十代半ばか後半に相当しよう。

「すみません、どうも」

白い喉《のど》を見せながら、きゅっと杯をあおる姿が、艶《なまめ》かしい。

「ところで、そなたがお女郎を続けているのには、何か理由があるのか。たとえば、前借金とやらが残っておるとか……」

「いいえ、そうじゃないの。あたしは四年前に年季が明けたけど、自分抱《じぶんがか》えなんです」

「自分抱え……？」

「お江戸では何というのかしら。この辺では、女郎が年季明けしても、そのまま店に居続けて、主人に部屋賃を払いながら自分で商売することを、そう呼ぶんです。前借金はないし、今まで稼《かせ》いだ貯《たくわ》えがあるから、がつがつ客を取らずに済むの。お店に抱えられてるんじゃなくて、自分で自分を抱えてるから、自分抱え。わかりやすいでしょ」

つまり、独立営業の娼婦《しょうふ》というところか。

「なるほどな。つまり、そなたは、故郷に戻りたくないというわけか」

「……………」

千草は、ふっと目を伏せた。

「悪いことを聞いたようだな。忘れてくれ」

「いいんです。あたしも、つまんないことまで言っちまって」

「ところで、千草とやら。実は、そなたに頼みがある」

「はい、何でしょう」

「わしは、こういう場所は初めてなので、ひょっとして不作法なことを言うかも知れぬが、許してくれ」

「あらあら、何だか大仰《おおぎょう》になってきましたね。まさか、一緒に心中してくれとでも？」

まんざらでもない表情で、千草が言う。

「いや、心中ではない。相対死《あいたいじに》は、天下のご法度《はっと》だ。実はな――」

竜之介は真剣な顔で、

「前の方ではなくて、臀《しり》で交わらせて貰《もら》いたい」

「お、お臀で……？」

松平竜之介に後門性交を所望された飯盛女郎《めしもり》の千草は、頬《ほお》に朱を散らす。三十前の年増女《としま》が赤くなるのも、なかなか風情《ふぜい》があるものだ。

「でも……あたし、十三の時からこんな稼業《かぎよう》をやってるけど……お臀で客をとったことなんかないんです……」

「そうか。無理を申したな、すまん。忘れてくれ」

竜之介があっさりと要求を引っこめると、年増女郎の千草は不思議そうな顔で、

「でも、どうしてお臀がご希望なんですか」

「うむ。実は、わしはこの年齢《とし》になるまで、女人《によにん》と交わった経験はおろか、この世に男女の秘事《ひめごと》があることすら知らなんだ」

「貴方様のように立派なお武家様が……」

「見かけ倒しだよ。それで、花嫁を迎えたのだが、当然のことながら、初夜の床でしくじってな。桜姫…いや、その花嫁に、我がものを〈塩なめくじ〉と嘲笑《ちようしよう》されてしまった」

「……」

千草は、じっと竜之介の顔を見つめる。

「あまりの悔《くや》しさと情けなさに自害することまで考えたが、それでは負け犬のまま死ぬことになる。だから、わしは、花嫁を見返すために、女体修業の旅をすることにしたのだ」

若殿は酒で唇を湿らせて、

「そして、今日までに何人もの女人を識《し》ったが……未《いま》だに後ろの門で行なったことがない。それで、経験豊富なお女郎殿に教えを乞《こ》うつもりであったのだ。いやはや、こうして話してみると、我ながら身勝手な理由であったな」

「――竜之介様」千草は静かに言った。

「あたしのような者でよろしければ、お臀の味をお教えいたします。ただし、お願いがあるのですが……いえ、お代のことではありません」

「申してみよ。わしにできることなら、何でも聞こう」

千草――本名をお冬《ふゆ》という飯盛女郎の頼みは、こうであった。

三島宿と次の箱根宿の間にある生方《うぶかた》村が、お冬の故郷である。

不作で年貢《ねんぐ》が払えなくなったため、彼女は十三の時に、四十両の前借金で藤田屋に奉公し、飯盛女郎となった。

そして、二十五で年季が明けて、村の実家へ帰ろうとしたのだが、家を継いだ弟の文造《ぶんぞう》に、やんわりと拒絶されたのである。

女郎稼業をした姉を同居させることに、嫁のお竹《たけ》が反対したらしい。

親兄弟のために身を売ったのにこの仕打ちはひどい――とお冬は憤《いきどお》り、そのまま藤田屋に留《とど》まって自家営業を続けたのである。

そして、四年――これといった贅沢《ぜいたく》もしないので、藤田屋に場所代を払っても、お冬には、三十両の貯《たくわ》えができた。

ところが最近、弟の文造が病気で寝込み、その薬代のために一家が困窮《こんきゅう》していると聞いたのである……。

「それで、わしに、その金を弟に届けてくれというのか」

「はい。あたしが行っても、義妹は素直に受け取らないでしょう。かといって、三十両という大金ですから、滅多な人には使いを頼めません。でも、竜之介様なら……」

「よし、わかった。引き受けよう」

竜之介は、にっこりと笑って、

「そなたは心の綺麗な女だな」

「まあ……」千草は耳まで染めて、俯《うつむ》いた。

「では、しばらくお待ちくださいませ。あたし、もう一度、お風呂へ行ってきます。あの……粗相《そそう》をすると困りますから」


三島宿の藤田屋――再度の入浴で肉体の隅々までも清めた女郎の千草が、松平竜之介の部屋へ戻ってきた。

夜具の前で待っていた竜之介に、彼女は両手をついて、

「不束者《ふつつかもの》ですが、よろしくお願いいたします」

まるで、新婚初夜の花嫁のように、羞《はず》かしそうに挨拶《あいさつ》をする。

もっとも、千草にとっては、本当に初夜のようなものであった。

十三の時に飯盛女郎となり、二十九歳の今日まで数えきれないほどの男の相手をしてきた彼女であったが、まだ後門性交だけは経験していない。

したがって年増女郎の千草も、臀の孔《あな》だけは、まだ〈処女〉なのである。

「こちらこそ、よろしく頼む」

竜之介は、千草を引き寄せた。

いかなる売春婦も唇だけは客に許さないという不文律《ふぶんりつ》があるのだが、若殿は、

ごく自然に彼女の紅唇を吸った。

千草もまた、客ではなく情人《いろ》を相手にしているかのように、夢中で舌を絡《から》める。

そのまま、二人はもつれるようにして、夜具の上に横たわった。竜之介は、肌襦袢《じゅばん》の前を広げて、量感のある乳房を柔らかくつかむ。

童貞を捨ててから日は浅いが、すでに一流のＳＥＸテクニックを身につけている松平竜之介である。

その巧《たく》みな愛撫《あいぶ》に、ベテラン娼婦も、女の部分に蜜が溢《あふ》れるのを感じた。

「ああ……竜之介様ァ……」

豊かな胸を波打たせて、千草は喘《あえ》いだ。

「あ、あんまりお上手なので……このままでは……あたしの方が先に、気をやってしまいます。仰向《あおむ》けになってくださいまし」

「――うむ。こうか」

「失礼いたします」

千草は、竜之介の肌襦袢の前を開いて、下腹部を剥《む》き出しにした。白い下帯《したおび》に包まれた男性の象徴を、脇から取り出す。

「これは……」

まだ柔らかいままなのに普通の男性の勃起時に匹敵する雄大な肉根に、百戦錬《れん》磨《ま》の千草も、当惑を隠さなかった。

だが、彼女が本当に驚愕《きょうがく》したのは、その肉根が口唇《こうしん》愛撫によって屹立《きつりつ》した時である。

天を指して猛《そそ》り立ったそれは、長さも太さも、並の男の倍以上もあった。しかも、色素が色濃く沈着して、どす黒い。

形状も攻撃的で、まさに肉の凶器であった。

「す、凄《すご》い……」

松平竜之介の巨根を目にした時、どの女も必ず口にする言葉を、千草も呟《つぶや》く。

この十六年間に、数千人——いや、数千本の男根を見てきた千草だったが、色・艶《つや》・大きさ・形のどれをとっても文句なく最高の逸品《いっぴん》であると確信した。

すでに、竜之介の容姿と心遣《づか》いのやさしさに魅せられていた千草だが、情欲の熱い波動が全身に広がるのを感じた。

「んふ……」

餌《えさ》を見つけた餓狼《がろう》のように、千草は目の色を変えて黒い巨砲にむしゃぶりつき、唾液《だえき》でべとべとにする。

そして、先端を含むことすら難しい巨根を、その半ばまで呑んだ。唇を窄《すぼ》めると、ゆっくりと頭を上下させる。

「よき心地じゃ」と竜之介は言った。

「千草。そなたの臀《しり》をこちらに」

年増女に自分の胸を跨《また》がせて、若殿は、その緋《ひ》色の肌襦袢や下裳《したも》をまくり上げた。

吸茎《きゆうけい》を続ける紅葉の大きな臀を、露出させる。ボリュームのある双丘《そうきゆう》が盛り上がって、谷間を塞《ふさ》いでいた。

竜之介は、両手で臀肉を広げて、隠されていた排泄孔《はいせつこう》を覗きこむ。

「――これが、そなたの臀の孔《あな》か」

三島宿の夜――年増女郎の後門を覗きこみながら、松平竜之介は言った。

「羞《はず》かしゅうございます……」

男の上に逆向きに跨《また》がっている千草は、竜之介の巨砲をしゃぶりながら真っ赤になる。

二十九歳という年齢のためか、放射状の皺《しわ》は少なく、周囲の皮膚の緊張度も低い。

そのかわり、色は綺麗だった。赤みをおびた桃色で、不潔感は全くない。

竜之介は、そこに唇をつけた。

「ひぃっ……！」

鳳藩十八万石の若君《わかぎみ》が、街道筋の娼婦の排泄孔を丁寧《ていねい》に舐《な》める——常識的には、絶対に有りえない行為であった。

だが、竜之介は、男女のＳＥＸというものは、身分の上下に関係なく楽しむのが本当だと知っている。

「竜之介様、不浄の場所を…そ、そのようにされては……」

「湯殿で清めてきたのであろう。では、不浄ではあるまい。そなたも、わしの魔羅を舐めておるではないか。ここは——どうじゃ」

「はァうっ……ん、ううぅ……っ」

放射状の皺の一本一本を舌先で辿《たど》られて、千草は、狂おしげに頭を左右に振った。その竜之介の愛撫が、後門括約《かつやく》筋を解きほぐしてゆく。

「た、竜之介様……もう、これ以上は……」

「うむ。では、いよいよ臀で行なおうか」

竜之介は軀《からだ》を起こして、犬這《ば》いの姿勢になった千草の背後に片膝をつく。そして、彼女の唾液《だえき》に濡れて黒光りする巨根の先端を、二十九歳の後門にあてがった。弾力があり、押し返してくる力が強い。

「息をゆっくり吸って、ゆっくり吐くのだ」

「はい……」

千草は、若殿に言われた通りにする。

年増女が息を吐いて括約筋が緩《ゆる》んだ瞬間に、竜之介は体重をかけて、ぐぐっ……と剛根を排泄器官の内部に侵入させた。

竜之介は、お路に後門性交の手順だけは教えられていたのである。

「――――っ‼」

千草が背中を弓なりにして悲鳴をあげた時には、長大な生殖器が根本まで、しっかりと真っ白な臀に埋まっている。入口の抵抗は大きかったが、内部は柔軟であった。

「大丈夫か、千草。辛《つら》くはないか」

「ええ……だ、大事ございません……」

額《ひたい》に脂汗《あぶら》を浮かべながらも、女は、健気《けなげ》に答えた。

十六年の女郎稼業で延べ数千人の男を相手にしながら、唯一許さなかった後門を、千草は、竜之介に捧《ささ》げたのである。その歓《よろこ》びと感激に、彼女は、瞳に涙をためていた。

「そなたの痛みが和《やわ》らぐまで、しばし、待つことにいたそう」

そう言って、竜之介は、千草の背中におおいかぶさった。

女が、肩越しに顔をねじ向けると、その口を吸う。竜之介の手が、千草の重たげな乳房を優しくまさぐる。

ややあって――竜之介は、白い双丘を鷲摑《わしづか》みにして、ゆるりと律動《りつどう》を開始した。

直腸粘膜が玉冠の縁《ふち》に絡みつく絶妙な感覚を楽しみながら、年増女郎の臀孔を犯《おか》す。

悪くない。多岐川姉妹の臀を嬲《なぶ》った時も感じたことだが、やはり、前方の花孔よりも後門内部の方が温度が高いような気がする。

さらに花孔と違うのは、どんなに深く突いても奥の院に衝突しないことだ。

それに――千草の悦《よ》がり様が唯事《ただごと》ではない。

火のついた薪《まき》で腸《はらわた》を掻《か》きまわされているみたいに、女は、半狂乱の状態で喚《わめ》き散らしていた。唇の端からは、涎《よだれ》が垂れている。

挿入した男性が受ける快感よりも、挿入された女の快感が比べものにならぬほど、強烈らしい。
「千草、ゆくぞっ」
竜之介は激しく突きまくると、底なしの肉洞に向かって大量の聖液を放った
──。

「えっ、お冬…お冬姉さんが、こんな大金を……？」

三島宿と箱根宿の間にある生方村──そこに、飯盛《めしもり》女郎の千草の実家はあった。

松平竜之介は、千草との約束を守って、三十両という大金を届けに来たのである。お冬というのは、千草の本名だ。

「そうだ。お冬は、弟の文造が病《やまい》で倒れて難儀していると聞いてな。心配して、この金を渡してくれと頼まれたのだ。そなたが、文造の女房のお竹だな」

「は、はい」

もっさりとした容貌《ようぼう》の百姓女は、おどおどと頭を下げた。

このお竹が、四年前、年季明けしたお冬が実家に戻るのを、商売女を家に入れたくないと言って反対したのだという。

「では、確かに渡したぞ」

竜之介が、素《そ》っ気《け》なくお竹に背を向けると、

「あの……お武家様っ、わ、わたくしは、どうしたら宜《よろ》しいのでございましょう」

「そうだな」

若殿は表情を和らげた。

「まず、三島宿の藤田屋へ行って、お冬に礼を言うのだ。それから、亭主の病が癒《い》えたら、お冬の同居について、もう一度、話し合ってみてはどうかな。わしのような通りすがりの者に言えるのは、このくらいだよ」

「わかりました。どうも、ご面倒をおかけしまして」

お竹は、深々と頭を下げた――。

松平竜之介は生方村から出て、山道を街道の方へ下る。

年増女郎の頼みを引き受けて良かったと、竜之介はつくづく思う。

あの心根のやさしい女の人生に、明るい希望の兆《きざ》しが見えたことが、この若殿には嬉しかった。

（それにしても……臀で行なった時の千草の反応は、凄《すご》かったな。髪ふり乱して哭《な》き狂い、そのまま死に果てるのではないかと心配になるほど、悦《よ》がりまくって

いた)

それに比べて竜之介の方はといえば、入口の部分こそ、ぎゅっと花孔の何倍もの圧力で締めつけられたが、そこから先は花孔よりも緩《ゆる》やかであった。

臀の奥に放った後に一休みしてから、前の方でも千草と交わってからの感想だから、確かである。

千草は事後に、「頭の中が真っ白になって、本当に気が触れるかと思いました」と後門性交初体験の感想を述べた。

(つまり――)と竜之介は考えた。

(臀の孔で行なうのは、女には刺激が強すぎるし、男にとっては大味だということか。臀は、あくまで変則技。やはり、前の孔でいたした方が、男女とも存分に落ち着いて楽しめるのではないかな)

そんなことを考えながら、山道を歩いていた竜之介の表情が、急に険《けわ》しくなった。

「………」

歩調を変えることなく左右に素早く目を配ると、街道に通ずる道から逸《そ》れて、脇道に入る。

その先には、半ば崩《くず》れかかった荒れ寺があった。本堂だけが、辛うじて屋根が残っているものの、庫裏《くり》などは、室内から星空が観察できるほどの大穴が屋根に開いている。

松平竜之介は、その前庭で足を止めて、

「わざわざ、山中の待ち伏せ、ご苦労。さぞかし藪蚊《やぶか》に喰《く》われて、往生《おうじょう》したであろう。遠慮はいらぬ、出て参れ」

その声に誘われたように、夏だというのに覆面《ふくめん》をかぶった武士が五人、林の中から現われた。無言で、若殿を取り囲む。

「さて、訊《き》こう。そなた達は何者じゃ。殺気を放っておるが……まさか、わしを斬《き》るつもりではあるまいな」

「問答無用っ！」

五人の覆面武士は、一斉に刀を抜き放った。

ぎらりと夏の陽《ひ》を弾《はじ》いた白刃《はくじん》の群れを目にしても、若殿浪人の松平竜之介は、落ち着いたままであった。首をかしげて、

「はて……怨《うら》みをかう覚えはなし、私怨《しえん》にしては数が多すぎる。誰ぞに雇われた

のか」

「……」

刺客団《しかく》は押し黙ったまま、じりじりと竜之介に接近する。

「それも妙だな。わしの命を欲しがる者が、この世におるとは思われぬが……」

「お命、頂戴《ちょうだい》っ」

正面の武士が、斬りかかってきた。

「甘い！」

素早くかわした竜之介は、そいつの利腕《きき》を押さえると、さっと足を払う。

「わっ」

刺客の軀《からだ》は宙に舞って、背中から地べたに叩きつけられた。

男は渇《かわ》き死《じ》にした蛙《かえる》みたいに四肢《しし》を突っ張らせたまま、動けなくなる。

「いま少し踏みこみを鋭くせねば、いざという時に役に立たぬぞ」

若殿は叱りつけたが、よく考えたら、今がその〈いざという時〉ではなかろうか。

「でぇいっ」

右側の刺客が、軀をぶつけるようにして突きかかった。

ところが、その切っ先をかわした竜之介が、自分から肩をぶつけると、相手は逆に吹っ飛ばされてしまう。

着痩《や》せして見える竜之介だが、武芸十八般《ぶげいじゅうはっぱん》を極めた猛者《もさ》だから、足腰の強靭《きょうじん》さは並大抵ではないのだ。

「む、むむ……」

刺客たちは、ようやく、狙った相手が手強《ごわ》い難物だと気づいたようであった。

残った三人は、竜之介の正面と左右に位置する。着流しの竜之介は、未だに剣を抜いていない。

「死ねっ」

激烈《げきれつ》な気合とともに、両側の二人が同時に、突進してきた。

竜之介が、右か左かどちらかを相手にしているうちに、残った方が背中から斬りかかる、さらに正面の奴が止どめを刺す——という三位《さんみ》一体の戦法であろう。

が、竜之介の腕前は、彼らの小賢《こざか》しい計算を遥かに越えるものであった。

「えいっ」

大刀を抜きながら右の敵の剣を弾き飛ばし、さらに、

「とおっ」

返す刀で、左の敵の剣をも払い落してしまう。

そして、突っこんできた正面の奴の喉元《のどもと》に、ぴたりと切っ先をあてがい、

「――で、どうする？」

「う…………」

相手は震《ふる》えながら、持っていた刀を落した。絶望的な目になって、がくがくと膝を鳴らす。

「未熟っ」竜之介は叱咤《しった》した。

「早々に立ち去れ。おい、仲間を置いてゆくなよ」

五人は刀を拾うのも忘れて、這々《ほうほう》の体《てい》で逃げ出した。竜之介は納刀して、

「さて……そこの本堂に隠れている者、出て参れ」

仏像の蔭から、人影が、ぱっと逃げ出す。

女であった。竜之介は刺客の残した刀を拾うと、無造作に、それを投げつける。

「ひっ⁉」

女は、その刀によって大黒柱に縫《ぬ》い付けられた。

着物の股間《こかん》のすぐ下を、大刀は貫いている。

上向きになっている刃は、その秘処《ひめどころ》から半寸《すん》――一・五センチと離れていない

だろう。

女の足元に、水溜《た》まりが広がってゆく。恐怖のあまり、失禁したのであった。

「ほほう……これは意外な人物に逢うな。お前は、お紋《もん》とかいう女道中師《どうちゅうし》ではないか」

松平竜之介は、草履《ぞうり》のまま荒れ寺の本堂へ上がって、女に近づいた。

その女――お紋は、竜之介が投げた大刀が股間すれすれに貫いたために、着物を大黒柱に縫いつけられている。

まるで何かの標本のように、お紋は股《また》を広げた姿勢のまま、大黒柱に背中を貼りつけて動けない。

下手《へた》に逃れようとすると、上向きの刃によって、女の大事な部分に傷を負う怖れがあるのだ。

「く……くそっ」

恐怖のために失禁して足元に水溜まりを作ってしまったお紋だが、それでも、精一杯の憎悪をこめて竜之介を睨《にら》みつける。

櫛《くし》巻《まき》き髷《まげ》で、年齢は二十一、二歳。美人だが、一文字眉《まゆ》のきつい顔立ちの女だ。

それも道理――遠州《えんしゅう》街道で、鳳城から家出した竜之介を色仕掛けで蕩《たら》しこみ、彼が寝こんだ隙《すき》に財布や印籠《いんろう》を盗んだ女道中師が、このお紋なのである。

街中で通行人の懐《ふところ》の物を盗む掏摸《すり》を、懐中《かいちゅう》師という。そして、街道をゆく旅人の物を盗む者を道中師と呼ぶのだった。

「どうした、お紋。たいそう顔色が悪いようだが、また仮病《けびょう》か」

竜之介は微笑して、軽口を叩いた。

「女を痛ぶって嬉しいのかよっ、この変態野郎！　さっさと、この刀を抜きやがれっ」

お紋はやけくそのように、喚《わめ》く。

「ふむ、これか」

謎の刺客が残していった大刀を、竜之介は、引き抜く。その瞬間、お紋は、袖《そで》に隠していた剃刀《かみそり》で、彼の顔面を切り裂《さ》こうとした。

が、竜之介は、大刀の峰で女の右手首を軽く打つ。

「うっ」

剃刀は、遠くへ吹っ飛んだ。

返す刀で、竜之介は、お紋の胸元から裾《すそ》まで着物と帯を一直線に斬《き》り下げた。

下着もだ。

　ぱかっと着物の前が割れて、乳房から下腹部の繁みから、女道中師の裸体が丸見えになる。

「ひぇっ」

　悲鳴をあげたお紋は、反射的に竜之介に背を向けて、奥へ逃げようとした。

「動くなっ」

　鋭く一喝《かつ》した竜之介の剣が、一閃《せん》する。

　今度は、着物の後ろ襟《えり》から裾までが、縦一文字に切断された。前と後ろを断たれた着物や帯が、ぱらりと女の両側に落ちる。

「きゃっ」

　全裸になったお紋は、その場に蹲《うずくま》って、豊かな乳房を両腕でかかえこんだ。

　毒婦ではあるが、脂がのった真っ白な臀《しり》が美しい。これで、お紋が身につけているものは、白足袋《たび》と草履《わらじ》だけになった。

　一糸もまとわぬ裸体よりも、かえってエロティックである。

「お前のような性悪《しょうわる》女には、情けをかけても無駄のようだな。その場に這え、犬のように這うのだっ」

竜之介が刀の側面で臀を叩くと、お紋は、あわてて四《よつ》ん這《ば》いになった。先ほどの失禁のために、内腿《もも》が小水《しょうすい》で濡れている。臀の割れ目の下から、濡れた恥毛《ちもう》がはみ出していた。

「さて、答えて貰《もら》おうか。わしを襲ったあの覆面《ふくめん》の五人組は何者だ。お前とあいつらは、どういう関係なのだ」

「し…知らないねえ。あたしゃ、たまたま、この寺で休んでいただけさ。そこへ、お前さんがいきなり、刀を投げつけたんじゃないか。あんた、頭がおかしいんじゃないの！」

震《ふる》えながらも、女道中師は毒づく。

「煮ても焼いても喰《く》えぬとは、そなたのような女をいうのだろうな」

竜之介は、大刀を床に突き立てると、しゃがみこんで、形の良い臀の双丘《そうきゅう》に、いきなり平手打ちをみまった。

ぱしっと鋭い打撃音がして、女道中師・お紋の豊かな臀の肉が揺れた。

「ひえっ」

荒れ寺の本堂――床に全裸で四ん這いになったお紋は、松平竜之介の臀打ちに悲鳴をあげる。

そして、彼女の白い臀の双丘に、赤い手形が浮かび上がった。

「刺客《しかく》の正体、吐く気になったか」

竜之介が再度、問う。

「知らないって言ってるだろ、この唐変木《とうへんぼく》めっ！　街道筋で、ちょっとは知られた夜鴉《よがらす》のお紋姐《ねえ》さんに、こんなひどい真似をしやがって……畜生《ちくしょう》、覚えてやがれ！　必ず、仕返ししてやるからねっ！」

櫛巻き髷の女は、肩越しに振り向き、憎悪に顔を歪《ゆが》めてわめいた。

「強情《ごうじょう》な奴だ」竜之介は苦笑する。

「女人《にょにん》に手を上げるのは本意ではないが、素直に白状せぬとあらば、致し方ない」

お紋の左腕を背中へねじり上げると、右手で、その丸い臀を続け様に叩く。逃げることのできないお紋は、恥も外聞もなく、幼児のように泣き叫んだ。

武芸十八般を極めた竜之介であるから、その臀打ちの威力も尋常《じんじょう》ではない。あっという間に、女道中師の臀部は、発情した牝猿《めすざる》のそれのように真っ赤に腫《は》れ上がった。

竜之介は打撃の手を止めて、ぐったりとしている女の髷を摑《つか》み、顔を上げさせる。

「わしを襲った覆面の五人組が何者なのか、もう教えてくれるだろうな、お紋」

「もっと……」

「ん？」

「もっと、ぶって……あたしのお臀を、ぶってくださいな。ねえ、お願い」

お紋は、濡れた声で哀願《あいがん》する。半眼の瞳が、とろりと潤《うる》んで焦点《しょうてん》を失っていた。

「この女は……」

竜之介に女体の扱い方を教えてくれたのは、見附宿のお路という後家《ごけ》である。

そのお路が寝物語に話してくれた性知識の中に、被虐趣味《マゾヒズム》というのがあった。

つまり、相手に痛ぶられることによって、快感を得るというものだ。

被虐趣味の者は、男にも女にもいる。男女とも共通しているのは、日常生活において威張ったり高飛車だった者ほど、プライドを粉々に破壊されると被虐の味に溺《おぼ》れやすいということだ。

この悪党女も、残忍《ざんにん》で傲慢《ごうまん》な性格だったからこそ、裸のまま犬這いの姿勢で臀を打たれるという屈辱《くつじょく》によって、強い者に痛めつけられる快楽に目覚めてしまったのであろう。

「お武家様ァ……紋は悪い女なの。もっともっと、お臀をぶって、あたしの根性を叩き直してくださいな。ねえ、お願い……」

最低の娼婦《しょうふ》のように、お紋は、くねくねと赤い臀を淫《みだ》らに振って男を誘う。

「攻め折檻《せっかん》をしたつもりが、歓《よろこ》ばれては話にならんな。――よし」

竜之介は、女の背後にまわると、片膝立ちになって着物の前を開いた。下帯《したおび》の中から、柔らかい肉根をつかみ出すと、こすり当てる。

「ああ……ぶっといお珍々を入れてくれるのね。嬉しい、早く、早くったらァ……」

お紋は甘ったるい声で、挿入をせがんだ。

竜之介は、左手で女の臀を摑むと、屹立《きつりつ》した巨砲の先端をあてがう。ただし、小水と秘蜜に粘る花孔ではなく、背後の門にだ。

「そ、そこは違う……あァァっ！！」

灰色がかった後門を、桁《けた》外れの巨砲に背後から貫かれて、女道中師《どうちゅうし》のお紋は絶叫した。

松平竜之介の長大な剛根は、その根本まで深々と埋まってしまう。

「くうう……い、い……」

四《よつ》ん這《ば》いになっているお紋は、筑波《つくば》の蝦蟇《がまがえる》のように全身から脂汗《あぶら》を噴き出して、喰《く》いしばった歯の間から呻《うめ》き声を洩《も》らした。

「ふうむ。さすがに、きついな」

昨夜、三島宿の飯盛《めしもり》女郎・千草を相手に後門性交を初めて経験した時には、念入りな前戯《ぜんぎ》をほどこして、後門括約《かつやく》筋をほぐしてから挿入した。それでも、後門の締まり具合は、女壺《にょつぼ》の何倍も強いものであった。

ところが今度は、まったく前戯抜きで、いきなり男根をねじこんだのだから、お紋の臀の孔の収縮度は強烈《きょうれつ》だ。

竜之介の石のように硬い逸物《いつぶつ》だからこそ、無理矢理に肉の蕾《つぼみ》をこじ開けて挿入できたのである。

「さて、お紋。今度こそ、話してくれるであろうな。わしを襲った者たちの正体を」

性悪女の後門の凄《すさ》まじいほどの締めつけを味わいながら、竜之介は尋問《じんもん》した。

「い、言う…言いますから……は、早く抜いてぇっ」

「まず、白状することだ」

「実は……あいつらが何者なのか、あたしも知らないんですよォ」

「……」

竜之介は何も言わずに、ぐいっと一突きした。お紋は金切《かなき》り声《ごえ》をあげて、

「ほ、本当なんだよっ！」

お紋の説明によれば——竜之介から奪った源氏蝶《げんじちょう》の紋の印籠《いんろう》を三島宿で売りさばこうとした時、例の五人組に声をかけられた。そして、印籠の入手先を詰問《きつもん》されたのである。

相手の脅《おど》しに負けたお紋は、竜之介から盗んだことを話した。

すると、五人組は五十両という報酬《ほうしゅう》で、お紋に竜之介を見つけろと命じたのである。

藤田屋に入ってゆく竜之介を見かけたお紋は、下働きの女中に小金を握らせて、千草の頼みごとを聞き出した。

それで、千草の実家を訪ねた竜之介を、謎の五人組は待ち伏せすることができたのである……。

「これで全部だよっ、早く抜けってば！」

お紋は、わめき散らした。

「抜かねえと、その小汚《こぎたね》え魔羅を、ぶった切るぞっ」

「つくづく性根《しょうね》の腐《くさ》った女だな、そなたは。世のため人のため、天にかわってこの松平竜之介が成敗《せいばい》してつかわす。覚悟せいっ」

そう宣言して、左手で女の髷《まげ》を摑《つか》んだ竜之介は、お紋の臀孔を力強く犯《おか》す。

（あの刺客《しかく》どもは、わしの印籠は知っていたが、わしの顔は知らなかった。何者の手先であろうか？　何のために、わしを狙う……？）

女道中師の切断した着物の中から、奪われた金を取り戻すと、竜之介は腰をフル回転させた。

猛烈《もうれつ》な巨根責めによって、苦痛の頂点を越えたらしいお紋は、

「あぐっ……お、お臀が灼《や》ける……お臀の孔が灼けちゃう……もっと苛《いじ》めて……あたしの淫《みだ》らな臀孔を、もっと激しく犯してぇえっ！」

汗まみれの全身をわななかせて、またもや喜悦《きえつ》の声を迸《ほとばし》らせる。

お紋は、臀打ちでマゾヒズムに目覚め、前戯なしで後門を貫かれて余りの激痛に逆上し、さらに責められて本物の被虐の快楽に堕《お》ちたのであった。

竜之介は、悪女の臀孔に最後の一撃を加えると、暗黒の狭洞《きょうどう》に濃厚な聖液をぶち撒《ま》ける。

そして、しばらく括約筋の痙攣《けいれん》の余韻《よいん》を味わってから、ずるりと巨根を引き抜いた。

「ま、待ってっ」

ぐったりとしていたお紋は、あわてて飛び起きると、若殿の腰にしがみついた。

「しゃぶらせて、浄《きよ》めさせてくださいまし……」

若殿の前に跪《ひざまず》いたお紋は、己《おの》れの臀孔から抜き出されたばかりの肉根を、何の躊躇《ちゅうちょ》もなく咥《くわ》えた。

「んふぅ……」

完全にマゾヒストに堕ちる歓《よろこ》びに目覚めた女道中師は、聖液でどろどろになった男根を嬉しそうにしゃぶる。

ふんふん……と鼻孔でせわしなく呼吸しながら、熱心に舌を使うお紋の姿は、先ほどまでの凶暴な女盗賊とは別人のようであった。

後門を真っ赤に腫《は》れ上がらせて、白足袋《たび》と草鞋《わらじ》だけしか身につけていない全裸の女が、男の前に跪いて巨根に口唇《こうしん》奉仕をする――かなり扇情《せんじょう》的な光景であった。

絶倫若殿は、それを見下ろしながら、

（女とは不可解な生きものよのう……いや、男もかな）

ひそかに嘆息《たんそく》する。

（わしは、まだまだ女人《によにん》修業が足らぬようじゃ）

その時、

「若を見かけたというのは、こっちか？」

遠くから聞こえてきたのは、何と、鳳藩若殿捜索隊の岸田晋右衛門《きしだしんえもん》の声であった。

「これ、お紋。もうよいぞ」

竜之介は、あわてて、彼女の口から柔らかくなった肉根を引き抜こうとしたが、

「むご…むむ……むごう」

男根を咥えたまま、お紋は頭を左右に振って、拒否した。まるで、一度嚙《か》みついたら雷が鳴るまで放さないという鼈《すっぽん》である。

言い争っている暇はない。

竜之介は、左手でお紋の顎《あご》の付根を押さえて動かないようにすると、右の手刀を首筋の急所に叩きつけた。

「う……」

悪党女の全身から力が抜けて、お紋は、くたくたと床に崩《くず》れ落ちる。

竜之介は、女の下裳《したも》の端で後始末をすると、手早く身繕《みづくろ》いした。

そして、横たわっているお紋の裸体に両断した着物を、そっとかけてやると、荒れ寺を脱出する。

寺の背後の雑木林を走り抜けながら、松平竜之介は、胸の中で叫んでいた。

（こんな所で、爺《じい》たちに捕まるわけにはいかん！　江戸へ行って父上に掛け合い、桜姫との婚儀を解消して貰《もら》うために……そして、女人修業を続けるためにもなっ！）

番外編　女親分と女壺師《にょつぼし》

一

若殿浪人の松平竜之介《まつだいらたつのすけ》が、その物騒《ぶっそう》な音に気づいたのは、手児《てこ》の呼坂《よびざか》に差しかかった時であった。

藤枝宿《ふじえだ》で仇討《あだう》ちを成し遂げた多岐川《たきがわ》姉妹と三人乱姦《らんかん》の淫猥《いんわい》な蜜戯《みつぎ》を堪能して、彼女たちと別れた竜之介は、東海道《とうかい》を東へ向かった。

岡部宿《おかべ》を経《へ》て宇都宮《うつのみや》峠を越え、丸子宿《まるこ》を通り抜けて、この峠道に至ったのである。

道の両側から延びた樹木の枝が空を覆《おお》い隠《かく》して、あたかも樹のトンネルのような状態になっていた。

ここが、万葉集《まんようしゅう》にも詠《よ》まれている〈手児の呼坂〉なのだ。

「あれは……刃《やいば》と刃の撃ち合う音だな」

道の右側の木立の奥から、その音は聞こえてきた。竜之介は、温気のこもる薄暗い木立の中に足を踏み入れる。

「お？」

木立の奥で斬《き》り合っているのは、何と、片肌脱ぎになった女であった。二十代後半であろう。

「えいっ」

右手に逆手《さかて》に構えた匕首《あいくち》が、閃《ひらめ》いた。

「わっ」

「くそっ」

相手は、三人の男たちだ。男たちは全員、狐《きつね》の面をつけて顔を隠している。

女は、きりっとした美しい顔立ちの年増《としま》だ。

豊かな胸乳《むなぢ》に真っ白な晒《さら》しを巻きつけ、匕首一本で、長脇差《ながどす》を持った男たちと渡り合っている。

さすがに苦戦しているため、裾《すそ》前が開いて、太腿《もも》まで剥《む》き出しになっていた。

額《ひたい》に汗に濡れた前髪が貼りついて、その乱れた姿に凄絶《そうぜつ》なまでの色気がある。

「東海道でその名を知られた女親分のお銀《ぎん》も、今日が命日《めいにち》だぜ」

長脇差を手にした男たちの頭分《かしらぶん》らしいのが、言い放った。

「殺すにゃ惜《お》しい阿魔《アマ》だが、お前さんに生きていられちゃあ、俺たちの邪魔なんだよ」

別の狐面が言った。

「ふん！」

お銀と呼ばれた美女は、気丈《きじよう》に相手を睨《ね》めつける。

「お前ら、鬼玄《おにげん》一家の奴らだねっ」

それを聞いた男たちの間で、急激に殺気が膨《ふく》れ上がった。

「くたばれっ」

三人目の男が、長脇差を振り上げる。その狐面に、飛来した小石が命中した。

「うわっ」

狐面が割れて、吹っ飛んだ。額から血を流して、その男は転がる。

男たちは、驚いた。

「誰だっ」

頭分が叫ぶと、若殿浪人は、悠然《ゆうぜん》と彼らに近づく。

「誰でもよい。女一人に三人がかりの刃物沙汰《にんじょうざた》、見過ごすわけにはいかんな」

編笠《あみがさ》をかぶったままなので、その顔は、男たちには見えない。

「この野郎、ふざけやがってっ」

「くたばれっ」

二人は怒声《どせい》とともに、斬りかかった。

しかし、竜之介は、頭分の長脇差を奪い取り、もう一人は足払いをかけて転がしてしまう。

あまりにも鮮やかな腕前に、頭分の男は気圧《けお》されて、

「くそっ……お、覚えてやがれっ」

額に怪我《けが》をした仲間を助け起こして、二人は、あわてて逃げ出した。

「怪我はないか」

編笠を取って、竜之介は女の方を見た。

お銀は、若殿浪人の美男ぶりに目を奪われながらも、

「は、はい……危ないところをお助けいただき、ありがとうございました」

深々と頭を下げる。だが、自分の乱れた姿に気づいて、お銀は、恥じらいながら身繕《みづくろ》いをした。

「無事でなにより。わしは、松平……いや、松浦《まつうら》竜之介という者」

「銀と申します」

改めて頭を下げる、お銀であった。

二

手児の呼坂から東へ向かうと、広大な安倍《あべ》川に出る。

松平竜之介とお銀は、人足の肩に乗って安倍川を渡った。対岸は、府中《ふちゅう》宿の入口であった。

駿河《するが》国安倍郡の府中宿は、かつては駿府《すんぷ》と呼ばれ、将軍職を息子の秀忠《ひでただ》に譲って大御所となった徳川家康《とくがわいえやす》の隠居地であった。今は、天領になっている。

家康の時代ほどの賑わいはないが、それでも、戸数は三千七百軒近く、人口は一万四千というから、東海道で最大の宿駅であった。

「なるほど。お銀さんは、亡くなった亭主の跡目を継いで、明神《みょうじん》一家の二代目親分というわけだな」

宿場の大通りを、ゆっくりと歩きながら、竜之介は言った。

夏の陽《ひ》は、西に傾いている。

「女だてらに、お羞《はず》かしゅうございます」

二十七歳のお銀は、微笑して俯《うつむ》いた。

「それで、さっきの奴らは」

「狐面が割れた時に、はっきりと見ました。あれは、鬼玄一家の仙吉《せんきち》です」

「鬼玄一家……」

お銀は立ち止まって、若殿の前へまわる。

「お願いします、松浦様。今夜は、うちへ泊まってくださいっ」

真剣な表情で、お銀は懇願《こんがん》した。

三

「なに、お銀を殺《や》るのに失敗しただと？」

仁王《におう》立ちになって怒鳴《どな》りつけているのは、でっぷりと太った悪相《あくそう》の中年男である。鬼玄こと、鬼の玄造《げんぞう》だった。

そこは、鬼玄一家の家の大座敷である。

「この馬鹿野郎っ！」

怒り狂う玄造の前で、小さくなっているのは、段七《だんしち》、弥太《やた》、そして、額《ひたい》に晒《さら》し布を巻いた仙吉だった。

段七は鬼玄一家の代貸《だいがし》で、先ほどのお銀襲撃の頭分《かしらぶん》だ。

彼ら三人の背後にも、二十数名の乾分《こぶん》たちが控えている。

「段七」玄造は言った。

「代貸のおめえが、そんな情けない様《ざま》で、どうするっ」

「すいません、親分。だけど、あの浪人野郎さえ邪魔しなけりゃあ」

段七が悔《くや》しそうに言うと、脇から弥太が、

「そうなんですよ。とにかく、凄《すご》く腕の立つ奴なんで」

「ふうむ」

玄造は、どっかと座りこんだ。

「いいか。この宿場一の女郎屋《じょろうや》も賭場《どば》も、俺のものだ」

「その通りで、親分」

段七は、大袈裟《おおげさ》に頷《うなず》く。

「邪魔な明神一家さえ潰《つぶ》しちまえば、この府中は全て、俺の思うがままになるんだ。その浪人も、始末するしかねえな……」

すぱっ、すぱっと煙草《たばこ》をふかしながら、悪企《だく》みの顔の玄造なのである。

「親分。何を大声をあげてるんですか」

艶《なま》めかしい声とともに、やって来たのは、柳腰《やなぎごし》の粋《いき》な若い女。壺師《つぼし》の〈緋桜《ひざくら》お京《きょう》〉である。

年齢は十九か、二十歳《はたち》くらい。男心を蕩《とろか》すような美貌《びぼう》と溢《あふ》れるような色気の持ち主だ。

背中に緋桜の彫物《ほりもの》を入れているのが、渡世名《ふたつな》の理由である。

「おお、お京さんか」

途端に、でれっとしてしまう玄造だ。お京は、玄造にしなだれかかるようにして、

「怒った顔してると、せっかくの男前が台無しですよ」

男の煙管《きせる》を取り上げて、すぱっと一服。つまり、間接キスである。

玄造は、さらに、でれでれして、

「お前さんの弁天博奕《べんてんばくち》のおかげで、近隣の宿場からも客がつめかけて、うちの賭場は大繁盛《はんじょう》だ。今夜も、よろしく頼むぜ」

「さあ、どうしようかなあ」

甘ったるい声で、お京は言う。

「今日は、ちょっと頭が痛いし……」

「そんなこと言わねえで……な、祝儀《しゅうぎ》ははずむから。この通り」

芝居じみた所作《しょさ》で、玄造は手を合わせる。

「わかったわ。親分のために、あたし、張り切っちゃう」

お京は、玄造の頰《ほお》に、ちゅっと音を立てて接吻《せっぷん》した。

「うほほほ」

玄造は、幸せそうな表情になる。それを見て、乾分たちは、げんなりとした表情になった。

「なあ、お京さんよ。あんまり、俺を焦《じ》らさねえでくれ」

乾分たちの目も気にせずに、玄造はお京を口説き始めた。

「どうだい、今夜あたり、俺としっぽりと…」

「駄目よ、親分。あれをすると、弁天博奕に差し支えるもの」

お京は、さらりと誘いを躱《かわ》す。

「むむ、そうかあ」

恨《うら》めしそうな顔になる、鬼玄であった。

四

その家の腰高障子《こしだかしょうじ》には、丸に〈明神〉と書かれている。明神一家の表稼業《かぎょう》は、口入れ業――つまり、人材派遣業であった。

奥の風呂場で、松平竜之介はのんびりと、湯槽《ゆぶね》につかっている。

「十八万石の大名の嫡子が、やくざ一家に草鞋《わらじ》を脱ぐことになろうとは……人生とは、わからぬものだな」

そこへ、脱衣所の方から、

「失礼します」

お銀が声をかけてきた。

そして、全裸のお銀が、手拭《ぬぐ》いで前を隠して湯殿に入って来る。女親分の乳房は豊かで、乳輪は茱萸《ぐみ》色をしていた。

「お銀……」

「お背中を流させてくださいまし」

恥じらいながら、お銀は言う。

熟《う》れた年増《としま》の美女が、全身で媚《こ》びを見せる様には、何ともいえぬ風情《ふぜい》があった。

「うむ」

ざあっと湯槽から、竜之介は立ち上がった。

その股間《こかん》から垂《た》れ下がった見事な巨砲を見て、お銀は真っ赤になる。

簀子《すのこ》の上に、竜之介は胡座《あぐら》をかいた。

男の広くて逞《たくま》しい背中を、お銀は、手拭いでこする。

「うちの稼業は人足の口入れ屋。鬼玄は、うちを潰《つぶ》して、その稼業までも奪うつもりなんです」

「鬼玄は、何をしているのだ」

「この府中には、二丁町《にちょう》という有名な遊廓《ゆうかく》があるんですが、そこで一番大きな〈夢屋《ゆめ》〉という遊女屋を持っています。それと、賭場《どば》です」

「博奕《ばくち》か」と竜之介。

「権現《ごんげん》様以来、博奕は御法度《はっと》なのだが……」

だが、城を出てから、世の中は杓子定規《しゃくしじょうぎ》にはいかない——と学んでいる竜之介であった。

度を超さない限り、庶民にも色々な娯楽が必要なのである。

「夢屋は繁盛《はんじょう》しているし、賭場の方も、江戸から来た緋桜お京って壺師《つぼし》の弁天博奕とやらが、大人気だそうで」

「なにっ、緋桜？」

思わず、きっとなって振り向く若殿浪人だ。

「どうかなさいましたか」

お銀は驚いてしまう。

「いや……何でもない」

竜之介は、顔を前に向けた。

（いかん、いかんな。さくらと聞いただけで、桜姫《さくら》を思い出して、かっとなってしまう）

将軍家の娘・桜姫に〈塩なめくじ〉と罵倒《ばとう》された心の傷が、未《いま》だに癒《い》えていない松平竜之介なのである。

「ところで、その弁天博奕とは何だ」

若殿は話題を変えた。

「ええ。客たちが堅く口止めされてるので、どんな博奕なのかわからないんです……うちの若い衆は顔を知られてるから、賭場へ入れないし……」

そう言いながら、ちらりちらりと男の肩越しに、股間の肉柱を見ていたお銀だが、ついに、

「竜之介様っ、あたし……もう！」

堪《こら》えきれなくなり、若殿浪人の広い背中に頬《ほお》を押しあてて、喘《あえ》いだ。

「よし、よし」

竜之介は、その女体を軽々と自分の膝の上に横向きに乗せると、接吻《せっぷん》してやる。

まろやかな臀《しり》が、股間に密着した。

「竜之介様……」

唇を外したお銀は、うっとりとした口調で言った。

「一目見た時から、あたし、抱いて欲しかったの」

「よかろう」

竜之介は、女親分の大事な部分に右手を伸ばした。濃い恥毛《ちもう》に飾られたそこは、とろとろに濡れそぼっている。

お銀に自分の膝を跨《また》がせて、竜之介は、真下から貫いた。

石の地蔵のように硬く太く逞《たくま》しい男根が、女親分の紅色の蜜壺《みつつぼ》を貫く。

熟れた肉襞《にくひだ》は、格別の味わいであった。

「す…凄《すご》い……あたしの秘女子が裂《さ》けそう……あああァっ」

豊かな臀の双丘《そうきゅう》を波打たせて、お銀は貪欲《どんよく》なほど激しく、竜之介の巨砲を貪《むさぼ》った。


竜之介は灼熱《しゃくねつ》の剛根で、お銀を力強く翻弄《ほんろう》しながら、

「お銀。わしが鬼玄の賭場へ乗りこんでやろう」

「本当ですか、嬉しいっ」

お銀は、男の首に抱きついた。

「でも……今は、あたしの事だけ考えてっ」

「わかった、わかった」

さらに激しい交わりが展開されて、お銀は絶頂に昇りつめる。そして、ぐったりと気を失った。

「女壺師の緋桜お京か……」

成熟した肉襞の収縮を味わいながら、竜之介は呟《つぶや》いた。

「弁天博奕の正体、必ず暴いてやるぞ」

五

深夜——府中宿の大通りに、人影はない。

大通りに面した旅籠《はたご》〈近江屋《おうみや》〉には、本館と中庭をはさんで、反対側に離れ座敷がある。

提灯《ちょうちん》を手にした鬼玄一家の若い衆に案内されて、その中庭をやって来たのは、黒の着流し姿の松平竜之介であった。裏木戸から入って、中庭へ廻ったのである。

黒の小袖《そで》と帯は、お銀が用意してくれたものだ。昼間と同じ若竹色の小袖の姿では、仙吉たちに気づかれる危険があるからだ。

案内の若い衆は、離れ座敷の出入口の番をしている小太りの若い衆に、

「〈喜多見屋《きたみや》〉に泊まってるお客さんで」

そう言って、竜之介を紹介する。

明神一家の家を出てから、わざと、喜多見屋という旅籠に泊まった竜之介であった。

そして、宿の番頭に「わしは博奕《ばくち》好きなのだが、遊べるところはないか」と持

ちかけたのである。

番頭は、すぐに鬼玄一家に報《しら》せて、若い衆が旅籠まで竜之介を迎えに来たというわけだ。

「おいでなせえまし」

小太りの若い衆は、慇懃《いんぎん》に会釈《えしゃく》をした。

「うむ。遊ばせてもらうぞ」

竜之介は大刀を鞘《さや》ごと腰から抜いて、悠然《ゆうぜん》と大座敷へ上がる。

大座敷の中には、盆茣蓙《ぼんござ》が敷かれていた。

(これが弁天《べんてん》博奕の賭場か……)

真っ白な長方形の盆茣蓙の周囲に座っている客は、二十名ほどだ。

天井からは幾つも傘提灯が吊《つ》されているので、明るい。

盆茣蓙の前に浴衣《ゆかた》一枚で端座《たんざ》しているのが、壺師《つぼし》の〈緋桜お京〉だ。

彼女の前には、賽子《さいころ》が二個だけ。籐《とう》を編んだ壺皿《つぼざら》はない。

お京の左側にいる中盆は、代貸《だいがし》の段七であった。腹に晒《さら》しを巻いて、真っ白な木股《きまた》だけという半裸の姿だ。

そして、座敷の奥に、胴元の鬼玄こと玄造が陣取っている。

その脇に、弥太と仙吉がいた。仙吉は、額《ひたい》に晒し布を巻いている。集まっている客は、近在の富農や商人、旅客らしい。

「へへへ。私は、この弁天博奕が楽しみでねえ」

「本当に。ここへ来ると、寿命が伸びそうな気がします」

客同士の会話を聞きながら、竜之介は、お京の正面に案内された。

賭場の客としての作法はお銀から細かく聞かされている竜之介は、場に慣れた風を装《よそお》って、さりげなく玄造の方を見る。

(あいつが鬼玄一家の玄造親分か。やはり、悪相《あくそう》だな)

賭場の客らしく胡座《あぐら》をかいた竜之介は、大刀を脇へ置いた。そして、小判を十枚、自分の前へ置く。

お京は、美男子の竜之介に見惚《ほ》れたように、頰《ほお》を赤らめて軽く会釈をする。

(これが、壺振り師の緋桜お京か)

竜之介は、鷹揚《おうよう》に頷《うなず》き返して、裸の賽子に目をやった。

(おかしいな。お銀の話では、賽子を入れて振る壺皿というものがあるはずだが……)

そこへ、仙吉が駒札を持って来て、

「御浪人さん。取り替えさせていただきやす」

「造作《ぞうさ》をかける」

仙吉は、十枚の小判と駒札を交換して、そこへ置く。

ちらっと竜之介の横顔を見て、仙吉は怪訝《けげん》そうな表情になったが、そのまま退《さ》がった。

中盆の段七は、客全体を見回して、

「それでは、弁天博奕を開催させていただきます！」

それから、隣のお京に目を向けた。

「お京さん――」

「はい」

お京、すっ……と立ち上がり、後向きになって、しゅっと帯を解《ほど》く。肩から、はらりと浴衣が滑り落ちた。

「おおっ」

客たちは、響《どよ》めいた。

胸乳《むなぢ》の形も良く、柳腰《やなぎごし》の妖艶《ようえん》な肢体《したい》であった。

全裸になったお京の背中から臀《しり》にかけて、見事な緋桜《ひざくら》の彫物《ほりもの》がある。名人と呼ばれる彫師の仕事であろう。

「ううむ……見事な彫物だ」

憎い〈さくら〉だが、竜之介は思わず呟《つぶや》く。

お京は、こちらを向いて、二個の賽子を拾い上げた。

そして、盆莫蓙の中央に立つと、しゃがみこんだ。爪先立ちで、排泄時《はいせつ》のようなポーズをとる。

全裸であるから、正面にいる竜之介からは、お京の秘処《ひめどころ》がはっきりと見えた。

そこには、恥毛《ちもう》が一本もなく、童女のようにつるりとしていた。

（おっ、無毛とは……土器《かわらけ》というやつだな）

驚く竜之介に向かって、お京は艶《あで》やかに微笑する。

「壺っ！」

段七が鋭く言うと、

「はい」

お京は、己《おの》れの赤みを帯びた花園に、そっと二個の賽子を挿入する。

「んん……ふ……」

かすかに、喜悦《きえつ》の表情を浮かべた。

（これは……？）

予想もしなかった展開に、竜之介が啞然《あぜん》としていると、

「さあ、張ってくださいっ」

段七が言った。

客たちは、争うように駒札を張る。

「半《はん》っ」

「丁《ちょう》だっ」

竜之介も駒札を押しやって、

「――丁っ」

「丁半、駒そろいました」

さっと盆茣蓙を見まわして、段七は宣言した。

「勝負っ！」

すると、お京が、

「う……」

くぐもった呻《うめ》き声を洩《も》らす。

その美しい花園が、もぞもぞと蠢《うごめ》いた。凄《すご》いエロチシズムである。

客たちは、ほう……と感嘆の声をあげた。

その花弁《かべん》の中央から、ぽとり、ぽとりと愛汁《あいじゅう》に濡れた賽子が落ちて来る。

お京は括約《かつやく》筋の動きだけで、花孔内部の賽子を排出したのであった。

「四三《シソウ》の半っ」

賽の目を読み上げた段七が、駒札の回収と分配を行なう。

「いやあ、何時見ても、お京さんの女壺は美しい」

「女壺師《おんなつぼし》ならぬ〈女壺師《にょつぼし》〉とは、まことに言いえて妙ですな」

(無毛の女の肉壺を使って賽子を振る……これが弁天博奕の正体だったのか)

竜之介は、お京の淫靡《いんび》な秘技に、ただ驚くばかりであった。

その時、玄造の横にいた仙吉が、はっとして、

「思い出したぞ。そいつは、お銀を助けた浪人野郎だ!」

「何だとっ!」

鬼玄が目を剝《む》いた。段七も、竜之介を睨《にら》みつけて、

「この野郎、賭場荒らしに来やがったのか!」

「おっと、退《ひ》け時かな」

さっと立ち上がりながら、竜之介は電光のような抜き打ちで、全ての傘提灯の

綱を斬る。

傘提灯は盆茣蓙の上に落ちて、たちまち、座敷が真っ暗になった。

「わわっ」

「何も見えないっ」

「私の駒札がっ」

客たちは恐慌に襲われた。

「くそっ、誰か明かりをつけろっ」

段七が怒鳴《どな》ったが、暗闇《やみ》の混乱は、さらに大きくなった。

六

無人の大通りを、松平竜之介は走っていた。

「浪人野郎を逃がすなっ」

「あっちだっ」

背後から、鬼玄一家の追手が来る。

すると、積み上げた天水桶《てんすいおけ》の蔭の路地から、

「ご浪人さんっ」

若い女の声がした。

見ると、手招きしているのは、浴衣《ゆかた》姿の緋桜お京であった。

「おっ、お前はお京ではないか」

「しっ」

お京は、竜之介の袖《そで》を引っぱって、

「さ、こちらへ」

お京が竜之介を連れこんだのは、宿場の裏手にある物置小屋だった。

がらくたが積んである板張の小屋の隅に、お京と竜之介は腰を下ろす。

「そなた、鬼玄の仲間であろう。どうして、わしを助けてくれるのだ」

「ふふ……女は、旦那みたいな美男子に弱いのよ。あたし、一目惚《ぼ》れしちゃった」

そう言って、お京は、竜之介にしなだれかかった。

「さて、それだけかな」

竜之介は冷静であった。

「何か魂胆《こんたん》があるのではないか」

「野暮《やぼ》な詮索《せんさく》はしないで」

女壺師は竜之介の手をとり、己《おの》れの股間《こかん》に導く。

「旦那に見られた時から、ほら……こんなに濡れてるの」

嘘偽《いつわ》りなく、花壺は洪水《こうずい》のような有様であった。

「うむ。無毛の秘処《ひめどころ》の触り心地も、悪くないな」

竜之介が指を巧《たく》みに動かすと、お京は喘《あえ》ぐ。

「見て、あたしのあそこを見てっ」

自分から浴衣の前を開き、中近東の酒場の踊り子のように下腹部を突き出した。

「あたしの渡世名《ふたつな》は緋桜お京……またの名を〈ピンゾロのお京〉っていうの」

「ぴんぞろ……？」

下々の俗語を勉強途中の竜之介としては、初めて耳にする言葉であった。

「これよ」

自分の花園に手を伸ばして、肉の花弁《かべん》を閉じる。

秘裂《ひれつ》の両側の膨《ふく》らみ――大陰唇に、一対の小さな黒子《ほくろ》があった。つまり、秘裂を挟んで二つの黒子が並んでいるのだ。

「ね。一の目が二つで、ゾロ目。だから、一一《ピンゾロ》よ」

松平竜之介は、女の秘部を覗きこんで、

「なるほど、なるほど」

そこへ軽く接吻《せっぷん》した。

「ああ……っ」

若殿浪人の口唇愛撫《こうしんあいぶ》に、お京は悶《もだ》える。

藻掻《もが》くようにして浴衣を脱ぎ捨てて、全裸になったお京の蜜壺《みつつぼ》に、竜之介は突入した。

余計な愛撫は必要ないほど燃え上がっている女体だから、突いて突いて、突きまくった。

美しい花園に、黒光りする肉の大砲が往復運動をする。

性的興奮によって、お京の背中の緋桜《ひざくら》が、さらに色鮮《あざ》やかになった。

さすがに肉襞《にくひだ》を蠕動《ぜんどう》させて賽子《さいころ》を操《あやつ》るだけあって、お京の女壺の味わいは上等である。

竜之介と情熱的に交わりながら、

「ねえ……旦那のように頼りになる人を探していたの。鬼玄の奴、弁天博奕《べんてんばくち》で儲《もう》けて、八百両も貯《た》めこんでるのよ」

お京は、彼の耳に囁《ささや》きかける。

「そいつを盗もうというのか」

律動《りつどう》を続けながら、竜之介は言った。

「そうよ。二人で江戸か大坂へ行って、面白おかしく暮しましょう……ああァァんっ」

絶頂に達したお京の内部に、竜之介は、夥《おびただ》しく放った。そして、懐紙《かいし》を柔らかく揉《も》んで後始末をする。

少しの間、しどけない格好《かっこう》で竜之介に絡《から》みついていたお京が、気怠《けだる》げに顔を上げて、

「ねえ……さっきの返事は？」

「むっ」

竜之介は急に厳しい表情になった。自分も身繕《みづくろ》いしながら、

「着物を着ろ、お京！」

「えっ」

お京が戸惑う。

「出てこいっ、浪人野郎！」

小屋の外で怒鳴《どな》ったのは、鬼玄一家の代貸《だいがし》・段七であった。

立ち上がった竜之介は、がたりと板戸を開いて、ゆっくりと外へ出る。

小屋を弓形《ゆみがた》に取り囲んでいる男たちは、十人ほどであった。

みんな、匕首《あいくち》や長脇差《ながどす》を構えて、殺気立っている。

「お京！　てめえ、裏切りやがったな！」

段七が喚《わめ》くと、お京は、そっぽを向く。その態度に、段七は激怒した。

「二人とも、やっちまえっ！」

そう言って、段七は長脇差で斬《き》りかかった。若い衆たちも、それに続く。

竜之介は抜刀《ばっとう》した。お京を背中で庇《かば》いながら、目にも止まらぬ迅《はや》さで段七の長脇差を払い落とす。

それを見た男たちは、怖《お》じ気《け》づいて動けなくなった。

「く、くそっ」

段七は罵《ののし》りながら、拾い上げた長脇差を構え直した。

その時、

「――待てっ」

背後から、声がかかった。振り向いた段七は、そこに玄造の姿を見た。

「あ、親分……？」

「おめえたちは、すっこんでろ」

貫禄を見せながら、玄造は竜之介に歩み寄る。

「御浪人さん。いい腕だね」

「それほどでもない」

「ご謙遜《けんそん》を……ちょいと、相談があるんですがねえ」

鬼玄は、にたりと嗤《わら》った。

七

宿場の西側にある安倍川町——そこに〈二丁町〉という遊廓《ゆうかく》がある。

大御所・徳川家康が駿府に移り住んだ時は、まだ戦国の余燼《よじんさ》冷めやらぬ頃で、荒っぽい喧嘩《けんか》沙汰《ざた》が絶えなかった。

そこで家康は、安倍川に遊廓を設けることを許したのだ。

血の気の多い連中が遊廓で精を抜かれたためか、駿府は次第に平和になったという。

最初は七丁もあった遊廓も、五丁分の店が江戸の吉原《よしわら》へ移ったので、残りは二丁となった。

それで、この遊廓を二丁町と呼ぶようになったのである。

歌川広重《うたがわひろしげ》の『東海道五十三次旅景色』にも、府中宿の二丁町の賑わいが描かれている。

遊廓があるので、府中宿には飯盛女《めしもり》はいない。つまり、旅籠《はたご》は全て、娼婦《しょうふ》を置かない平《ひら》旅籠というわけだ。

松平竜之介は、鬼玄一家の親分・玄造の案内で二丁町の大門《おおもん》を潜《くぐ》った。

竜之介にはわからないが、二丁町の造りは、江戸の吉原遊廓に似ている。

最も大きな妓楼である〈夢屋〉の一室で、竜之介は玄造と差し向かいになっていた。

通常は佩刀《はいとう》を玄関先で店の者に預《あず》けるのだが、竜之介は、この座敷まで大刀と脇差を持ちこんでいる。無論、鬼玄の腹の底がわからないからだ。

二人の周囲には茜《あかね》色の下裳《したも》一枚だけの半裸の遊女が七人いて、痒《かゆ》いところに手のとどくような濃厚な給仕をする。

大中小と揃った十四の胸乳《むなぢ》が揺れる様は、壮観《そうかん》であった。

「ここは、俺がやっている女郎《じょろう》屋でね」

竜之介に酌《しゃく》をしながら、玄造が言う。

「ご覧の通りの別嬪《べっぴん》ぞろいで、おかげ様で繁盛《はんじょう》してます」

「で、親分。わしに相談というのは」

「なあに、難しい話じゃねえ。旦那のように強い人は初めて見た。うちの用心棒になってもらえませんか」

「しかし、わしは……」

竜之介は眉《まゆ》をひそめた。

「わかってます。もう、お銀の明神一家に草鞋《わらじ》を脱いでる——と言うんでしょう」

玄造は、にこやかに笑った。

「でもね。自慢じゃないが、俺は駿府城の御城代様や御奉行様にも伝手《つて》がある。いずれ、旦那に仕官の口も、お世話できると思いますがねえ」

竜之介が浪人と信じて疑わぬ、玄造であった。

もっとも、徳川一門の大名の嫡子ともあろう者が、供も連れずに旅をしている——と考える方がおかしいのである。

「仕官か……」

家出中の身で公儀《こうぎ》の役人の家臣となったら、どうなるのか——竜之介は内心、首をひねった。

「まあ、返事は急ぎませんから、ここでゆっくり考えてください」

玄造は立ち上がって、遊女たちに、

「お前ら、旦那に失礼のないようにな」

「はーいっ」

遊女たちは賑やかに返事をした。

「お、おい、玄造」

竜之介は呼び止めようとしたが、下裳を脱ぎ捨てた全裸の遊女たちが、嬌声《きょうせい》をあげて一斉に抱きついてきた。

「だめよ、逃げちゃ」

「たっぷり、ご奉仕しますよ」

女たちの手が、竜之介の軀《からだ》をまさぐる。

「待て、そんなところを握ってはいかん……」

しかし、遊女たちは、手だけではなく唇と舌を駆使して、竜之介の軀を愛撫《あいぶ》し始めた。

八

「う……」

緋桜お京は、柱に後ろ手に縛《しば》りつけられていた。舌を嚙《か》まないように、口には猿轡《さるぐつわ》をかまされている。

そこは、鬼玄一家の家の納戸《なんど》であった。

逃げようとして暴れたため、お京の浴衣《ゆかた》の裾《すそ》は乱れて、白い内腿《もも》がのぞいている。

胸元からは、乳房がこぼれ落ちそうになっていた。

そこへ、足音高く廊下を近づいて来たのは、玄造であった。

「明神一家へ喧嘩《けんか》状は届けたんだろうな」

「へいっ」返事をしたのは、段七だ。

「夜明けとともに、安倍川の河原で決着をつけたい――と」

「よしっ」

玄造は、納戸を開いた。喧嘩支度《じたく》をしている。

囚《とら》われの身のお京を、玄造は、憎々《にくにく》しげに睨《にら》みつけた。

「おい、お京。よくも、俺様を舐《な》めた真似をしてくれたな」

長脇差《ながどす》の鞘《さや》の鐺《こじり》で、お京の乳房を、ぐりぐりと痛めつける。

「ううっ」

お京は、くぐもった呻《うめ》き声を洩《も》らした。

「まどろっこしい策はやめて、俺は明神一家を正面から叩き潰《つぶ》すことにしたぜ」

玄造は、荒々しく言い放った。

「お銀の阿魔《アマ》をぶち殺したら、今度は、おめえをたっぷりと痛ぶってやるからな。地獄の責め苦ってやつを味わわせてやるから、楽しみにしていろよ」

「く……」

お京は、怒りと恨《うら》みと恐怖が綯《な》い交《ま》ぜになった目で、玄造を見上げる。

九

安倍川の広大な河原には、朝霧が漂っていた。

上流の方に陣取っているのは鬼玄一家、下流の方にいるのが明神一家だ。

対峙《たいじ》している双方とも喧嘩支度なのは同じだが、明神は十人ほど。それに対して、鬼玄たちは三十人近くはいる。

明神一家の女親分のお銀は、緊張のあまり蒼《あお》ざめていた。しかし、喧嘩支度の男装によって、かえって彼女の色気が増している。

川越人足《かわごえにんそく》たちは、とばっちりを怖れて、誰も河原には出ていない。

「お銀、逃げずに来たとは感心だ」

玄造が言った。

「だが、今日がおめえたちの命日《めいにち》になるぜ」

「黙れっ！」お銀は叫ぶ。

「喧嘩は数じゃねえ、度胸だっ」

「しゃらくせえ」

鼻先でせせら笑った玄造は、乾分《こぶん》たちに向かって号令した。

「野郎ども、やっちまえ！」

「それっ！」

お銀は長脇差を引き抜いて、勇敢にも率先《そっせん》して飛び出した。

それに元気づけられて、乾分たちも後《あと》に続く。

双方が入り乱れて、大乱戦が始まった。

十

同じ頃――二丁町の〈夢屋〉の一室では、松平竜之介が美しい裸女と絡《から》み合っていた。

「ああァ～～～っ！」

四《よ》ん這《ば》いになった十和《とわ》という遊女が、絶頂の悦声《よがりごえ》をあげる。

そして、ぐったりと畳に突《つ》っ伏《ぷ》してしまった。

彼女の周囲には、全裸の遊女が六人、息も絶え絶えに倒れ伏している。

竜之介は十和の臀《しり》から離れて、身繕《みづくろ》いしながら、

「やれやれ。七人が相手では、ちと手間取ったな」

たった一人で、七人の遊女を昇天させた若殿浪人である。

つい数日前までは、男女の交わりというものすら知らなかったくせに、とんでもない成長ぶりであった。

「待てよ……鬼玄め、この女たちを使って、わしをここへ足止めしたのではない

か」

竜之介は大刀をつかんで、立ち上がった。

「と、いうことは――」

十一

河原の朝靄は消えている。

乱戦は続いているが、数で劣る明神一家が、押され気味だ。

「お銀、さしの勝負といこうじゃねえか」

「望むところだ、鬼玄っ」

玄造とお銀の一騎打ちであった。

振り下ろした玄造の長脇差《ながどす》が、お銀の胸の晒《さら》しを切り裂《さ》く。

そのため、お銀の片方の乳房が、まろび出てしまった。

「あっ」

鉄火肌《てっかはだ》でも、やはり女だから、お銀は、あわてて片腕で乳房をかかえこむ。

「げへへへ」

下品な笑い声を立てて、玄造は相手を追い詰める。

「うっ……」

お銀は、悔《くや》しげに唇を噛《か》みしめた——その時、

「待て、待てぇーっ！」

河原へ駆けつけて来たのは、若殿浪人の松平竜之介であった。

鬼玄一家の家へ殴りこんだ竜之介は、監禁されていた緋桜お京の口から、河原で大喧嘩《でいり》が行われていることを知ったのである。

「あっ、竜之介様っ！」

お銀が嬉しそうに叫んだ。

竜之介は、乱戦の中へ斬《き》りこんだ。

ひゅっ、ひゅっ、ひゅっ、と白刃《はくじん》が唸《うな》る。

玄造、段七、仙吉たちの帯と着物、下帯《したおび》までが斬り裂かれて、彼らは真っ裸になってしまった。

さらに、玄造たちの髷《まげ》がポロリと落ちて、ざんばら髪になった。

「わ、わわっ」

「ひえっ」

「なんてこったっ」

竜之介は、さっと大刀を構え直して、

「次は、髷の代わりに首が落ちるぞ。命が惜《お》しくば、この宿場から出ていけ！」

「あわわっ、助けてくれえっ」

玄造たちは、悲鳴をあげて逃げ去った。

明神一家の若い衆たちは、勝どきをあげる。

「竜之介様……」

お銀は、勝利の喜びと竜之介への激情が混ぜ合わさり、紅潮した顔で、男にすがりつこうとする。

と、脇から出て来たお京が、お銀よりも先に、

「旦那ァ、大好き！」

若殿の首にかじりつく。それを見たお銀は、かっとなって、

「なんだ、この泥棒猫っ」

お京の胸を突いた。

「何すんだい、この大年増《おおどしま》っ！」

「今、何と言った！」

摑《つか》み合いになろうとするのを、

「待て。これ、待てというのに」

竜之介が、両者を押し止める。

藤枝宿の旅籠《はたご》で、多岐川姉妹の痴話《ちわ》喧嘩《げんか》を収めた経験が、ここで生きた。

若殿浪人は、二人の顔を近づけて、

「二人まとめて、可愛がってつかわす」

両方の耳に、竜之介は囁《ささや》いた。

「まあ……」

「あら……」

お銀とお京は、思わず、ぽっと赤面する。

十二

「す、凄《すご》いの……激しすぎるっ」

「駄目、死んじゃうっ」

明神一家のお銀の寝間で、全裸のお銀とお京が重なり合っている。

すなわち、仰向《あおむ》けになったお銀の上に、お京が俯《うつぶ》せになっているのだ。抱き合う二人の背後から、竜之介は、二人の濡れ光る花孔を交互に貫いている。お京の緋桜《ひざくら》が汗に濡れて、一層、輝いていた。

「いいっ……腰が溶けそう……」

「もう、目が見えない……」

悦声《よがりごえ》を上げる美女の甘美《かんび》なデュエットだ。

「お京は、お銀の妹分となり、弁天博奕《べんてんばくち》を続けるがよい。堅気《かたぎ》を泣かせぬ程度に、な。どうだ」

「はい、旦那のおっしゃる通りに……おおっ」

喘《あえ》ぎながら、お京は答えた。そして、お銀も身悶《みもだ》えしながら、

「竜之介様のお指図《さしず》に従います……あっ……だから、もっと責めてぇえっ」

「よし、こうか」

黒々とした巨大な肉根が、二つの花園をエネルギッシュに犯《おか》す。

女親分と女壺師《にょつぼし》の二人は、ますます深い官能の渦《うず》に堕《お》ちてゆくのだった……。

翌朝、女親分のお銀と女壺師のお京に別れを告げて、松平竜之介は江戸へ向か

った。

またも、竜之介の巨根が事件を解決したのだ。

悪いやくざを退治して、嫉妬《しっと》に狂ったお銀とお京も女性同性愛《レズビアン》の味を覚えて、今では仲良し姉妹分《きょうだいぶん》である。

逸物《いちもつ》の持ち主で精力絶倫の松平竜之介は、行く先々で美女を可愛がり、悪を退治して、一路、江戸へ向かう。

(次は、どんな女難剣難が待ち受けているのかな。実に楽しみだ)

青空の下、不敵に微笑する若殿浪人であった。

あとがき

本作は、「東京スポーツ」に『若殿浪人MAN遊記』のタイトルで、一九九七年七月一日から十二月二十八日にかけて半年間、連載された艶色時代小説です。

徳間文庫で『艶色五十三次／若殿様女人修業篇』『同／若殿美女づくし篇』のタイトルで全二冊で書籍化され、それから、「プレイコミック」（秋田書店）で『若殿はつらいよ！』のタイトルで漫画化されました。

一九九九年の第十六号から二〇〇二年の第十二号まで四年間の連載で、画は和服美女の第一人者であるケン月影《つきかげ》さんです。

今年の四月下旬、その『若殿はつらいよ！』が、ぶんか社からコンビニのコミックス本として刊行されます。秋田書店から雑誌サイズの総集篇は出ていましたが、書籍化は今回が初めてです。

そして、小説の方は、学研M文庫で徳間版の二冊を合本して『艶色美女やぶり

／若殿浪人乱れ旅』のタイトルで出ていましたが、このたび、コスミック・時代文庫から刊行されることになりました。

今回、メイン・タイトルは漫画版に合わせて『若殿はつらいよ』とし、加筆修正しました。また、漫画版のオリジナル・ストーリーをベースにして、第四章と第五章の間のエピソードを扱った番外編、『女親分と女壺師《にょつぼし》』を書下ろしました。

さて、実は、『若殿浪人ＭＡＮ遊記』には元ネタがあります。

市川雷蔵《いちかわらいぞう》・主演、加戸敏《かとびん》・監督の大映映画『濡れ髪剣法』（一九五八年）です。

私が『若殿～』を連載する時点では、廉価版のビデオソフトが出ていました。

遠州《えんしゅう》佐伯《さえき》藩五万三千石の若殿・松平源之助《まつだいらげんのすけ》（市川雷蔵）は、天下一の兵法者《ひょうほうしゃ》と自惚《うぬぼ》れていましたが、許嫁《いいなずけ》の鶴《つる》姫にその鼻っ柱をへし折られて、大恥をかいてしまいます。

そして、これではならじと城を抜け出して、身分を隠して人生修業をするうちに、佐伯藩乗っ取りの大陰謀を知って、これを阻止《そし》する——という明朗時代劇です。

勝気で毒舌《どくぜつ》家で我儘《わがまま》な鶴姫を演じたのは、宝塚歌劇の娘役出身の八千草薫《やちぐさかおる》。

今回、このあとがきを書くにあたって、ＤＶＤソフトを購入して『濡れ髪剣法』

を見返したのですが、当時二十七歳の八千草さんは、モノクロの画面に金色《こんじき》の後光がさすような華やかな美しさと可愛さで、本当にチャーミングです。

それで、この映画の松平源之助と鶴姫が、私の『若殿～』では松平竜之介と桜《さくら》姫になったわけですね。

そして、鳳《おおとり》藩という藩名は、東映映画初のカラー・シネマスコープ作品『鳳城の花嫁』（一九五七年）から貰《もら》いました。

この映画の若殿・松平源太郎《げんたろう》（大友柳太朗《おおともりゅうたろう》）も、花嫁捜しのために城を抜け出して江戸へ向かう――という楽しい趣向です。

さらに、本作の第三章に登場する野生の娘・真菜《まな》は、『００７／ドクター・ノオ（一九六二年の封切時のタイトルは『００７は殺しの番号』）のヒロイン、ハニー・ライダー（ウルスラ・アンドレス）が元ネタなんですね。

映画のハニーは白いビキニ姿で、腰に革ベルトを巻いてホルスターにナイフを差し、挿入歌の『マンゴーの木の下で』を口《くち》ずさみながら海から上がって来ます。

ですが、イアン・フレミングの原作では、ハニーは全裸に革ベルトとホルスターだけという格好《かっこう》で、「なまじベルトをつけているだけに、余計裸に色気をそえる」（井上一夫・訳）と書かれています。さらに、「尻のあたりも少年のようにこりこりしまって丸々としている」という描写もあります。

ハニーは孤児で、世間知らずで、自分を凌辱《りょうじょく》した男を黒後家蜘蛛《くろごけぐも》で殺すような気性の激しい娘です。

もうおわかりと思いますが、私は中学生の時にこの『007』シリーズを読んで凄《すご》い衝撃を受けてしまい、特異なヒロイン像も含めて、フレミング先生の影響は鳴海丈の作品に色濃く残っているわけですね。

本作で野生児の真菜を全裸で登場させたのも、ハニーに対するオマージュなのです。

先ほども書きましたが、この作品の新聞連載時にはビデオソフトが主だった映像媒体も、今はDVDとブルーレイの時代ですし、次世代の媒体が出るのも間近のようです。

でも、娯楽作品としての面白さは古びていないつもりなので、読者の皆さんに楽しんでいただければ幸いです。

今夏には、第二巻が刊行される予定なので、よろしくお願いします。

二〇一六年四月　　　　　　鳴海　丈

参考資料

『今昔東海道独案内』今井金吾・著（日本交通公社出版事業局）
『好色艶語辞典／性語類聚抄』笹間良彦・編著（雄山閣）
『完全なる男性』金子栄寿・著（家庭新社）
『くるわ』西山松之助・著（至文堂）
その他

コスミック・時代文庫

若殿《わかとの》はつらいよ
松平竜之介艶色旅

【著 者】
鳴海《なるみ》 丈《たけし》

【発行者】
杉原葉子

【発 行】
株式会社コスミック出版
〒154-0002 東京都世田谷区下馬 6-15-4
代表 TEL.03(5432)7081
営業 TEL.03(5432)7084
FAX.03(5432)7088
編集 TEL.03(5432)7086
FAX.03(5432)7090

【ホームページ】
http://www.cosmicpub.com/

【振替口座】
00110-8-611382

【印刷／製本】
中央精版印刷株式会社

乱丁・落丁本は、小社へ直接お送り下さい。郵送料小社負担にて
お取り替え致します。定価はカバーに表示してあります。